「ヒァアッ！」
を弄ると
る……
んですね。

スパダリ郷田くんは、茉美さんの前では待てができない

春日部こみと

Vanilla文庫Miel

SUPER DARLING

イラスト／田中琳

プロローグ

――ああ、これは夢だ。

郷田《ごうだ》武《たけし》はうっとりとしながら確信した。

夢だ。夢以外の何物でもない。

なにしろ、あの憧れの静岡《しずおか》茉美《まみ》が、ベッドの上に半裸の状態でしどけなく横たわっている。

いつもはピシッと着ている淡いグレーのシャツはたくし上げられ、濃いブルーのレースのブラジャーが露《あら》わになっている。なんならそのブラジャーもずり上がっていて、可愛い乳房が丸出しになっている。右の乳房はブラジャーに上半分を押し潰され、その柔らかさとピンと尖《とが》った乳首を強調する形になっているのが実にけしからん。犯人は自分です。反省する気は皆無です、すみません。おっぱいバンザイ。

「ああ……夢にまで見た茉美さんのおっぱい……」

むしゃぶりついてみたいと思っていた。

郷田はうっとりと小さな薄赤い乳首を見つめながら呟《つぶや》いた。

心の声がそのまま声になってしまったが、夢だから無問題《モウマンタイ》。

「ちょ……ご、郷田くん、そ、その顔で『おっぱい』って言うの、やめて……」

顔を真っ赤にした茉美が、困ったようにこちらを睨《にら》みつけてくる。黒目がちの大きな目がバンビのようだ。可愛い。

(睨まれても怖くないどころか、……もうひたすらに可愛いだけだな茉美さん可愛い)

「……そんな顔?」

「だ、だから、そんなきれいな顔で言うセリフじゃないでしょ……」

茉美が赤い唇を尖らせる。プルプルのさくらんぼのような唇が美味しそうだ。

これも一度嚙《か》み付いてみたいと思っていた。

郷田はにっこりと微笑《ほほえ》んでみせる。

この顔を褒《ほ》められることは、正直少なくない。

若い頃は女優だったという母親にそっくりなこの顔のおかげで、子どもの頃は性別を間違われることはしょっちゅうだったし、何度か変質者に遭遇したこともある。成長期を迎えて身長が百八十センチを超えると、今度は不特定多数の異性から騒ぎ立てられ、中学、高校、大学とファンクラブまで作られていた。

（ほんと勘弁してほしい。俺はごく普通の一般人だってのに……）

行く先々にファンだという女子に待ち伏せされたり、スマホで隠し撮りをされたり、どこへ行っても気が休まることがなかった。

（返してくれ、俺の穏やかな青春！）

郷田自身は料理と観葉植物を育てるのが趣味という地味な性格だ。欲して止まない穏やかな日常生活を奪ったこの顔を、好きだと思ったことはあまりない。

だが茉美がきれいだと言ってくれるなら、悪くないなと思ってしまう自分は単純な人間である。

「俺の顔、きれいですか？」

「き、きれい、だよ……。今まで出会った男の人の中で、一番、きれい」

「嬉《うれ》しいな」

郷田はニコニコしながらも、茉美のおっぱいを堪能することを忘れない。顔はきれいかもしれないが、人並みの男子なのでおっぱいが大好きである。

両手で乳房を掬《すく》い上げるように触れると、たぷんとした質量が手のひらに吸い付くように収まった。

（おお、俺の妄想、再現度高いな。感触まで本物みたいだ）

郷田は密かに己《おのれ》のポテンシャルを賞賛した。自分がこれほど妄想力が高かったなんて知らなかった。

茉美のおっぱいは信じられないくらい柔らかく、肌はスベスベで、なんだこれすごい。ずっと揉《も》んでいられる。永遠に揉んでいたい。

「はぁ、すごい。茉美さんのおっぱい揉んでる。おっぱい柔らかい、気持ちいい……憧れの茉美さんのおっぱい……」

「も、もう！　郷田くん！　おっぱい連呼しないで！」

「すみません。でも俺、あなたに憧れていたので、夢みたいで……」

みたい、じゃなくて夢なのだが。

郷田のセリフに、茉美さんが少し驚いた顔になった。

「……憧れって、あなたの方が年上だし、上司じゃないの……」

「いやまあ、そうなんですけど。でも茉美さんが先輩だったことには変わりないので」

郷田は大学を卒業した後、就職した銀行を辞め、今年の春に大学時代の先輩が経営する企画会社リアル・プランニングへと転職した。先輩――社長は経営陣の一人として迎えてくれるつもりだったらしいが、郷田が一度は現場で学びたいと希望したため、最初の半年間、企画部チーフである茉美の下についたのだ。

現在はすでに企画部を外れ、取締役の一人として財務を担当しているが、リアル・プランニングでは茉美が先輩であることには変わりはない。

何より、郷田は茉美を人として尊敬していた。

リーダーシップがあり、仕事ができる上に気配り上手。明朗快活で誰にでも平等に優しく、他者に理不尽を言わない。

自分をしっかり持っているがゆえに物事をハッキリ言いすぎるところもあるが、それも熟慮の上必要だと考えた言葉だから、皆がそれを受け入れるのだ。

郷田は三十歳だが、二つ年下の彼女の方が人として円熟していると感じさせられたほどだ。

（こんなにデキるのに、見た目が小動物系っていうのがまた……）

茉美の身長は百四十五センチ。百九十センチ近くある郷田とはなんと四十センチ以上の身長差があって、彼女に仕事を習っていた際に社長から『凸凹コンビ』というあだ名を付けられた。

その上彼女の容貌がまた、郷田のドストライクなのだ。

赤ん坊のように肌理《きめ》の細かい真っ白な肌に、黒目がちの大きな瞳、小さな鼻、熟したベリーのように赤い唇――もう、最初見た瞬間「キタコレ」と思った。

だが郷田には女性を遠ざけたいとある理由があった。だからめちゃくちゃタイプの女性ではあったが、あえて茉美をそういう対象として見ないように努力した時期もあったのだが、彼女はさらに郷田の理性を凌駕する魅力を持っていた。

郷田の性癖はズバリ、『ギャップ萌え』である。

この愛くるしい庇護欲唆《そそ》る外見で、中身が姉御肌のしっかり者というギャップに、郷田は性癖のど真ん中をブッサリと貫かれたというわけだ。

「茉美さんは、ずっと俺の憧れです」

繰り返して言うと、茉美は白い頬をピンクに染め、片手で顔を覆《おお》った。

「わ、私だって……郷田くんのこと、ずっとカッコイイと思ってたよ……」

小さな声でそんな告白をされ、郷田の頭の中にラッパの音が鳴り響く。パフー！

(茉美さんにカッコイイって言われた！)

夢だけど。夢でもいい。めちゃくちゃ嬉しいから。

「茉美さん！」

感極まってガバッと覆い被さってキスをしてしまったが、夢だから許される。やっほう！

（あ～～～茉美さんの唇、柔らか～～～）

郷田は心の中で語彙力の消失した歓喜の声を上げていた。

あのプルップルな唇にキスしているのだと思うと、感無量である。

（うわ～甘噛みするとピクンってなっちゃって……ぐわ～キスで感じてくれてるんだ、やばい可愛すぎ……）

彼女の反応一つ一つが可愛くて、脳内にドーパミンがドバドバ出ているのを感じる。

小さな唇から漏《も》れる熱い吐息にキュンとして、欲望のままに舌を捩《ね》じ込んだ。

「んっ……ふ、むぅっ」

唐突に深くなったキスに喘《あえ》ぎながらも、茉美は拒む素振《そぶ》りを見せない。

（茉美さん声めちゃくちゃ可愛いなこの夢本当に夢で至福）

郷田はこれ幸いと可愛い舌の味を存分に堪能することにした。舌の付け根をくすぐり、絡ませ、吸い上げる。

もちろんキスだけで物足りる郷田ではない。

その右手は柔らかな肢体を弄《まさぐ》りながらくびれたウエストへと下り、パンツのホックをふわりと外した。緩んだ端から手を差し込むと、下着ごと一気に引きずり下ろす。

「んっ……！」

下半身を剝《む》かれた衝撃に茉美が焦《あせ》ったように鼻声で鳴いたが、郷田が問うように目を合わせると、観念したようにその瞼《まぶた》を閉じた。

了承のサインをいただいた郷田は狂喜乱舞して、愛撫の手を本格的に動かし始める。

茉美の甘い口内を味わいながら、片手を柔らかな内腿に滑らせると、ピクンと柳腰が揺れた。敏感な反応が嬉しくてスルスルと執拗に撫《な》でまくっていると、それを咎《とが》めるように手を太腿に挟まれる。むっちりとした肉の感触を手の表裏に感じて、郷田はふふっと喉の奥で笑う。

（そんなことをされても嬉しいだけなんだけどな……）

むしろご褒美《ほうび》である。

郷田は差し入れていた舌を引き抜き、彼女の下唇を優しく喰《は》んでから小さな顎にキスを落とす。そのまま唇を首へと伝い下ろし、各所を啄《ついば》みながら鎖骨に歯を当てた。

「ふぁ……っ」

茉美の吐息混じりの嬌声に、ここが敏感な場所だと推測した郷田は、鎖骨を入念に愛撫することに決めた。

（ほっそいな、骨……。皮膚も薄くて、ちょっとでも力を籠めると食い破ってしまいそうだ……）

自分の鎖骨と比べると、半分くらいの太さしかない。こんなにも華奢《きゃしゃ》な作りの身体で、どうやって生きてこられたんだと不思議になってしまう。

だがだからこそ、この手で大事に守ってやりたい。茉美本人に聞かれたら、「守ってもらわなくても大丈夫ですから！」と怒られそうだが、彼女は怒っていても可愛いのでそれも悪くない。部署が変わってから、茉美との接触が減って寂しかったのだ。

（構ってくれるならお叱《しか》りでも構わない、なんてな……）

愛情に飢《う》えた幼児のようなことを考えながら、郷田は鎖骨に吸い付いた。

「あっ、だめっ、痕《あと》は……！」

「大丈夫、見えない場所にしかつけません」

「そ、そこは下手したら見えちゃうでしょ……！」

「じゃあ隠れる服を着てください」

茉美は露出の多い服装をする人ではないが、たまにボートネックのニットを着てくる。きれいな鎖骨がチラリと垣間見えるのがやけにセクシーで、他の男に見られるのが嫌だなと……ちょっとだけ思っていたのだ。

夢だから欲望に忠実な郷田は、茉美の制止を無視してもう一度鎖骨に吸い付く。

ちゅう、と大きなリップ音がして唇を離すと、赤い花弁のようなキスマークがくっきりと浮かび上がっていた。

「ふふ、ついた」

満足して笑うと、茉美にペシッと頭を叩《たた》かれる。

「いて」

「もう……！　今日だけだからね！」

叱りながらもすでに許してしまっているのが、本当に可愛い。

郷田はへらっと笑うと、今度は乳房にキスを落とした。

ここは見えないからいいはずだ。

柔らかそうな白い肉に齧《かじ》り付き、じゅうっと音を立てて吸い上げる。

「あっ、また……ぁんッ！」

またお叱りを受ける前に、素早く唇を移動させ今度は乳首に噛み付いた。無論甘噛みだが、感じやすい場所には十分な刺激だったようで、茉美から可愛らしい悲鳴が上がる。

小さな尖りは口の中でコロコロと転がしてやると、あっという間に芯を持った。

「んっ、ぁっ、……っ、んんっ」

乳首を弄《いじ》るリズムに合わせるように、彼女の押し殺したような喘ぎ声が聞こえる。

（あ〜〜〜なにそれ堪《たま》んないんですけど〜〜〜）

好きな子が気持ちイイのを堪《こら》える姿とか、エロすぎやしないか。

夢だけに夢が叶《かな》った。妄想力に乾杯。

こうなったらもっと感じさせたい。我慢するのを忘れてしまうくらい、ぐちゃぐちゃにしてやりたい。

男の欲望とは底がないものである。

俄然《がぜん》張り切った郷田は、乳首を吸ったまま柔らかな太腿の間にある手を蠢《うごめ》かせた。

脚の付け根へと移動すると、うっすらとした茂みがある。それを撫でながら指を奥へと伸ばすと、しっとりと湿った感触がして目を細める。彼女がちゃんと感じてくれている証拠だ。心が弾《はず》まない男がいるだろうか。

湿り気を求めるように指を彷徨《さまよ》わせると、温かい泥濘《ぬかるみ》に指先が触れた。中指を挿し入れると、すでに滴《したた》っている蜜筒は郷田の指を歓迎するように絡みついてくる。

（あったかい……ヌルヌルで、柔らかい……）

その感触だけで挿入した時の快感が想像できて、ごくりと唾を呑《の》んだ。

今すぐにでも突き入れてしまいたいが、もっとしっかりと茉美の身体を解《ほぐ》してからだと自分を戒《いまし》める。

ただでさえ身長差四十センチという体格差があるのだ。

茉美の身体に負担をかけてしまうだろうことは容易に想像がつく上、自分の一物はこの大柄な体軀《たいく》に合わせたそれなりの大きさをしている。下手をすれば怪我をさせかねない。

郷田は欲望をグッと抑え込んで上体を起こすと、茉美の両膝を摑《つか》んで脚を開かせた。

丸見えになった蜜口は、蜜をたっぷりと湛《たた》えて滴り、充血した肉の花弁がぷりぷりと美味しそうだ。

「すごい……美味しそうだ」

「あっ、えっ……？　ぁっ」

独り言のように呟いた後、郷田はおもむろに頭を下げ、女淫にむしゃぶりつく。

舌全体を使って陰唇を舐《な》め上げ、愛蜜を味わった。人間の体液が甘いわけがないのに、茉美のものだと甘く感じるから不思議である。

指を挿し入れて内側をかき混ぜてやると、ぶつぶつとした媚肉が指に絡みついてくる。

その感触を堪能するためにもう一本挿入し、膣内《ナカ》をかき分けるようにバラバラと動かしていると、茉美の腰がゆらゆらと揺れ始めた。

「んッ……んぅッ、ふっ……」

苦しげに喘ぐ声が聞こえて顔を上げると、茉美が手の甲で口を覆って声を殺そうとしていた。顔を真っ赤に染め、快楽に大きな瞳をトロンと蕩《とろ》けさせているのに、それでもなお声を我慢しようとする様子が健気で憐《あわ》れで、愛おしさが込み上げてくる。

「茉美さん、声、聞かせて」

郷田は言ったが、茉美はギュッと目を閉じてイヤイヤをするように首を横に振った。声を出すのが恥ずかしいのだろう。

(意地っ張りだなぁ)

茉美にはそういうところがある。強がりと言うのだろうか。人に委《ゆだ》ねるのが苦手なのだ。

(そんなところも可愛いんだけどね)

クスリと笑い、郷田は「ならば」と蜜口の上に成る花芽を舌先で突いてやる。我慢できないくらいまで、気持ち好《よ》くさせればいいのである。

「きゃうっ!」

最も感じやすい肉粒を弄られて、茉美が甲高い悲鳴を上げた。

これまでで一番大きな嬌声に「よしよし」と満足しながら、郷田は舌で包皮の上から陰核を捏《こ》ね回す。

「あっ、だ、だめ、ぁひっ! ぁあ!」

可愛く鳴き始めた茉美の嬌声を心地好く聴きながら、郷田は指と舌を動かし続けてその時を待つ。

「ん〜ッ、は、ぁあっ……ご、うだくぅん、ぁっ、も……」

白い太腿に力が籠もり、ふるふると震え出した。

指に絡みつく肉襞が震えるように蠕動《ぜんどう》し、奥から愛液がどぷりと溢れてくる。それは郷田の手はおろか手首まで滴り、室内の照明を反射してテラテラと光っていた。

「あっ、あ、ああ……！」

嬌声が切れ切れになり、隘路が収斂《しゅうれん》して膣内にいる郷田の指を締め付け始める。

「茉美さん、イッて」

郷田はそう言うと、愛撫に硬くしこった陰核にそっと歯を立てた。

その瞬間、茉美が弾けるように叫《さけ》ぶ。

「ヒ、ぁああぁっ！」

背を弓形にして絶頂を迎える茉美を、郷田は恍惚《こうこつ》として見つめた。

揺れる白い乳房、赤く立った乳首、憐れに戦慄《わなな》く四肢、濡《ぬ》れそぼりひくつく膣口、愉悦《ゆえつ》に蕩けた表情——ずっと、これを見たいと思っていた。

普段の凛々《りり》しい茉美とは真逆の、理性を取っ払ったありのままの彼女だ。

「ああ、めちゃくちゃ、きれいです、茉美さん……」

肉欲に全身を震わせる彼女は、女神のように美しかった。

そしてそんな彼女に、頭の中が沸騰しそうなほどの興奮を感じた。

郷田の肉棹は天井を突く勢いで勃《た》ち上がっていて、スーツのパンツの中で痛いほどだ。

「すみません、もう我慢できない」

絶頂の余韻にぼんやりとする彼女にそう言うと、郷田は手早く服を脱いで避妊具を装着した。

大人の身だしなみの一つとして必ず一つは持ち歩くようにしているのだが、この習慣を身につけていて本当に良かった。

(俺のサイズはコンビニに売ってないことがあるんだよな……)

夢の中だから避妊しなくてもいいのではと、不埒《ふらち》な考えがチラリと頭を過《よ》ぎったが、夢の中とはいえそんな不届きな真似《まね》はするべきではない。夢であろうが、マナーはマナーだ。

薄い膜を根元までしっかりと下ろし終えると、郷田は茉美の脚の間に陣取り、未だひくついている入り口へと充《あ》てがった。

「挿《い》れますよ」

確認のためにそう言うと、茉美がトロンとした眼差《まなざ》しのまま、こくんと頷《うなず》いてくれる。

改めて彼女とセックスできるのだと感動しながら、郷田はグッと腰を押し進めた。

グプリと亀頭が泥濘に呑み込まれる。

(ああ、あったかい……!)

まだ浅い場所までしか挿入《はい》っていないのに、それだけで腰が溶けそうに気持ち好かった。

この温かい中に自分を全部包んでほしくて、郷田は夢中で腰を振る。

茉美の膣内《ナカ》は狭かった。それでもこれまでの愛撫で柔らかくなっていて、押し入ってくる凶暴な剛直を健気に受け入れようとしてくれる。

「あっ、あっ、あっ……!」

小刻みな抽送を繰り返し、少しずつ奥へと押し進める間も、茉美の甘い鳴き声が聞こえてくる。彼女のこの声だけで、快感が増大する気がするのは気のせいだろうか。

「茉美さん可愛い、茉美さん、エロっ……やばい、可愛い、可愛い、茉美さんエロい」

快楽に理性が溶け出した郷田は、もう心の声がそのまま口から出ていた。

「やぁっ、ぁっ、ぁんっ、ご、ぅだ、くんっ、あっ」

「ああ、茉美さん、最後まで挿入りました……!　めちゃくちゃ気持ち好《い》い……脳みそ溶けそうです……!」

凶悪な質量の熱杭を呑み込んだ蜜口は、限界まで引き延ばされギチギチと音を立てそうだ。だが内側の蜜襞はふっくらと柔らかく、とめどなく溢れ続ける愛液と合わさって、ぎゆうぎゅうと郷田を締め付けてくる。

頭がおかしくなりそうなほど気持ち好くて、郷田はグッと奥歯を噛み締めた。

気を抜いたらもっていかれる。

瞑目し、深呼吸して腰に溜まった快楽の熱をやり過ごしていると、たおやかな腕がするりと首に巻き付いた。ドキリとして瞼を開くと、潤んだ大きな瞳と目が合った。

やばい。可愛い。何。可愛い。

「ご、うだくん……気持ちいぃ……」

好きな女性に甘い声でそんなことを言われて、理性を保てる男がいるだろうか。

(——いやいない！（反語))

いてたまるか、こんちくしょー！

「茉美さん！」

潔《いさぎよ》く理性を砲丸投げした郷田は、がばりと彼女に覆い被さると、かぶり付くようにキスをした。欲望のままに彼女の口内を舐め回し、逃げ惑う小さな舌に吸い付いた。

その間も快楽を追う腰がガンガンと蜜路を犯している。亀頭の窪《くぼ》みにまで膣襞が絡みついて絞り上げてきて、郷田の神経は焼き切れそうになるが、それでも抽送をやめなかった。

接合部から粘《ねば》ついた水音が鳴り、それが彼女の高い鳴き声と重なって、ひどく淫靡《いんび》に聞こえる。

「きゃうんっ！」

ガツンと最奥を突くと、仔犬のように茉美が鳴いた。

だがその表情は蕩けたままで、その悲鳴が痛みではなく快感によるものだと分かった郷田は、身体を起こして茉美の両脚を自分の肩にかけた。

これで思う存分腰を振れる。

こちらをトロンと見上げる茉美にニッと笑うと、郷田は勢いよく腰を振りたくった。

「あっ、は、あっ、ぁあっ、あんっ、あっ、あっ、ああっ」

激しくなった抽送に、茉美が大きな目を見張る。

「ああ、茉美さん、茉美さん、可愛い、可愛い、好きです、可愛い！」

もはや「茉美さん」と「可愛い」しか言っていない。

だが頭に浮かぶ単語がこれだけだから仕方ない。

激しく速く穿《うが》つたび、そのリズムに合わせて茉美の乳房がブルブルと揺れる。その動きに目を奪われながら、郷田は腰に快楽の熱が溜まっていくのを感じた。

「ごぅだくんっ、ごうだくん、あ、やだ、きちゃう！　またきちゃうからぁっ」

「茉美さん、イッて！　俺も、もうっ！」

熱い火の玉のような愉悦だった。

媚肉がうねるように蠢き、郷田の一物をぎゅうぎゅうと抱き締める。

その瞬間、腰から背中に熱く白い快感がドッと走り抜ける。

「出るっ……！」

「ひ、ぁあっ！」

呻《うめ》くような郷田の叫びと、茉美の絶頂の悲鳴は同時だった。

最後の一突きで茉美の一番奥まで到達すると、そこで全てを解放した。

ドク、ドクと膜越しに雄《おす》の欲が吐《は》き出されていく快感に浸りながら、愛しい彼女に覆い被さり、キスをしたのだった。

第一章：郷田くんは土下座する

目を覚ますと、目の前に長いまつ毛があった。

「……？　え……？」

まだ夢と現《うつつ》の狭間を揺蕩《たゆた》っていた郷田《ごうだ》は、見覚えのあるまつ毛をぼんやりと見つめた。

（……なんだこれ……茉美《まみ》さんのまつ毛に似てるな……）

茉美のまつ毛は黒くびっしりと生えていて、一本一本がクルリとカーブしているのだ。

まるでつけまつ毛のように見えるが、なんとこれが自まつ毛なのだとか。茉美の後輩の砂城《さじょう》が「茉美さんってツケマじゃなかったんですか⁉　え、嘘《うそ》、めっちゃきれいなまつ毛すぎません⁉」と驚愕《きょうがく》していたのを聞いていたから、間違いない。

（なんか、生きてるお人形みたいで、茉美さんが瞬《まばた》きするたびにドキドキしちゃったんだよな……。にしても、なんで俺、今茉美さんのまつ毛見てるんだろう……）

まだ夢を見ているのだろうか。

（夢の続きか……）

そう思って、ヘラリと口元が緩んだ。

夢といえば、今日の夢は最高だった。以前から憧れていた茉美を抱けるなんて、まさに至福の夢。

（すごくリアルな夢だった……おっぱいも柔《やわ》らかかったし、挿入した時の感触もめちゃくちゃ気持ち好《よ》くて……って、俺、無精してないよな⁉）

夢の中のことをうっとりと反芻《はんすう》しているうちに、恐ろしい予感がしてそっと毛布を捲《めく》って自分の下半身を覗《のぞ》き込む。

（……あ、大丈夫そうだ……。良かった……）

さすがに三十にもなって無精するのは情けない。たとえそれが好きな子とセックスする夢であったとしても。

ホッと安堵の吐息《といき》をついていると、隣で「ん……」と鼻にかかった甘い声が聞こえてギヨッとなった。

「……⁉　……⁉」

郷田はひゅっと息を吞《の》む。

自分の隣で赤ん坊のような無垢《むく》な寝顔で眠っているのは、なんと茉美その人だった。

長いまつ毛、桃のような頬、ベリーのような唇、間違いなく、郷田の片思いの相手、静《しず》岡《おか》茉美である。

(え!? え!? どうしてここに、茉美さんが!?)

なぜ自分と同衾《どうきん》しているのだろうか。

夢の続きを見ているのだろうか、と思って自分の頬を抓《つね》ってみたが、しっかり痛い。

やばい現実だ。

(え? 俺、茉美さんが好きすぎて攫《さら》ってきてしまった?)

混乱するままにそんな疑惑が湧いてきたが、まさかそこまで頭がおかしくなったわけではないはずだ、多分。

だが小さな茉美の身体を担ぎ上げて運ぶ自分の姿が容易に想像できて、郷田はドッと冷や汗をかいた。犯罪はダメだ。人攫い、ダメ、絶対!

(待ってくれ、待ってくれ。思い出せ、俺。昨日は確か、会社の皆で飲みに行くことになって……)

手がけていた化粧品会社の新商品ローンチのイベントを無事終え、社長が慰労会だとお高い焼き肉屋に連れて行ってくれたのだ。

酒があまり得意ではない郷田は、そういう場では飲まないようにしているのだが、昨日は違った。なにしろ、隣に茉美が座ってくれたのだから。

部署が変わってからあまり接することがなくなった彼女が、自分のすぐそばにいてくれることが嬉《うれ》しくて舞い上がり、彼女が注いでくれたビールだって飲まないでいられるわけがない。

『郷田くん、カンパーイ！』

とニコニコする彼女が可愛くて、じっと見つめているうちにいつの間にか杯を進めてしまったのだ。

（や、やばい……途中から、なんか、記憶が……！）

郷田は酒を呑むと記憶を飛ばしがちだ。全部なくなるわけではないのだが、途切れ途切れになってしまうのだ。さらに性質《たち》の悪いことに、酔っていても外見に出ることはほとんどなく、周囲からは全く酔っていないように見えるのだ。

（この体質のおかげで、銀行勤め時代は苦労させられた……！）

酔っているのにそうは見えないせいで、しこたま呑ませられることが多かった。

アルハラ極まりないが、前の職場では、アルハラ・モラハラ・セクハラなど、ありとあらゆるハラスメントが日常茶飯事であるのが現実だったのだ。

とはいえ、今の問題はそこではない。

（つ、つまり俺は、あの後、茉美さんをお持ち帰りしてしまったということか……⁉　そしてあの夢はつまり、現実だった……⁉）

ザッと血の気が引いた。

なんてことだ。

郷田はスヤスヤと眠る彼女を起こさないよう、そっとベッドから這《は》い出して、己《おのれ》の状態を確認する。

（……全裸だ。そしてこの気怠《けだる》い感じ……）

事後の朝特有のものだと経験で知っている。

つまり、まごうことなきギルティである。

（なんてことだ……！　つまり俺は酔っ払った挙げ句茉美さんの家に送り狼をして、そのままいただいてしまったというわけか……！）

なんて不埒《ふらち》な真似《まね》を！　このばか男、鬼畜《きちく》、どうしてちゃんと覚えていないんだ！　彼女の同意を得ていたのか分からないのが恐ろしい。自分は大男で、対する彼女はあまりにも華奢《きゃしゃ》でか弱い女性である。郷田が襲いかかったのであれば、彼女に抗《あらが》う術《すべ》など無きに等しい。

（ゆ、夢の記憶では……それほど嫌がっているふうには見えなかったが……！）

夢ではなく現実だったわけだが、しかしそれも正しい記憶がどうか分からない。なにしろ記憶が途切れるほど酔っ払っていたのだから。

（酔って茉美さんを襲うなんて……俺は……俺は……！）

ぐおおおお、と苦悩しながら己を叱咤《しった》していると、ギシッとベッドの軋《きし》む音がした。

「ん……郷田くん……？」

（し、しまった！　茉美さんを起こしてしまった……！）

バッと振り向いた郷田は、もそりとベッドから起き上がった彼女が、自分と同じ全裸だったことに仰天して、サッと毛布で彼女を包み直した。

「お……？」

頭から毛布を巻かれた茉美が不思議そうに目を丸くする。

「……冷やすと、良くないので……」

「今、七月でしょ……？」

「冷房負けすると……以前言っていたのを、聞きました……」

適当に誤魔化したが、さすがに厳しいかとコホンと咳払いをして、ボソリと本当の理由を白状した。

「……それに、その、朝から刺激が強いので……」

その言葉に、茉美がプッと噴《ふ》き出した。

「今更じゃない？　昨日さんざん見たでしょ？」

「い、いや、その……」

郷田は言葉に詰まって右手で口元を覆《おお》う。

見たには見たのだろう。だが夢だと思っていたその記憶が、郷田の都合のいいように改《かい》竄《ざん》されている可能性は十分にある。

（まずは、合意があったのか、ちゃんと確認しなければ……！）

「あの、茉美さん。昨夜のことは……その、同意の上の行為だったのでしょうか？」

神妙な表情で訊ねた郷田に、茉美は呆気《あっけ》に取られた顔になる。

「あれ……？　もしかして、昨日の記憶、ない、の……？」

信じられない、というその声色に、郷田の中で罪悪感が膨れ上がった。

スッとベッドを降りると、床の上に正座をして姿勢を正し、深々と頭を下げる。

「申し訳ありませんでした」

「……土下座をリアルでする人、初めて見ちゃった」

茉美の声は意外にもあっさりしていて、怒りの色はなかった。

「もう、顔上げて、郷田くん。別に怒ってないから」

そう言われてそっと視線を上げると、毛布から頭を出した茉美が微苦笑を浮かべてこちらを見下ろしていた。

ブラインドから射し込む朝の光の中、優しく微笑《ほほえ》む彼女は、まるで聖母か天使のようだ。

「どこまで覚えてる？」

「あ、焼き肉屋に行ったことまでは……」

「あ〜、確かに、焼き肉屋での最後の方、郷田くんなんか変だったからなぁ。あれ酔っ払ってたんだね」

茉美の言葉に、郷田は少し驚きながら頷《うなず》いた。

「俺、酔っても普通に見えるみたいなんです……」

「うん。めちゃくちゃ普通に見えた。顔にも出ないし、受け答えもいつも通りなんだもん。でもいつもよりちょっと距離が近くて、おかしいなって思ってたんだよね」

「距離が、近い……？」

なんだか嫌な予感がして鸚鵡《おうむ》返しをすると、茉美はクスッといたずらっぽく笑った。

なんだその笑顔、めちゃくちゃ可愛いのですが。

「郷田くん、焼き肉屋さんで解散になった後、私を送るって言ってくれたの。まあ、それは紳士な郷田くんだから違和感なかったんだけど。でもその後、当たり前みたいに『じゃあ、行きましょうか』って私の手を繋いで歩き出したのよ」

茉美は楽しげに話しているが、聞いている郷田は赤面ものである。

（た、確かに茉美さんと手を繋いでみたいと思ったことはある！　だが欲望に忠実すぎだろう、自分！）

「……っ、す、すみません……！」

「あははは！　その握り方も、指を絡めるのじゃなくて、こう、子どもがギュッて握るやつでね。なんか小さな子に懐かれた気分で、可愛くって。つい家まで連れ帰っちゃったの。だから、これは合意の上です。心配しないで」

ふう、とため息交じりに言って、茉美は「よいしょ」と言いながらベッドを降りる。毛布を被ったままなので、子どもがお化けのモノマネをしているみたいだ。可愛い。

「はいこれ。バスタオル。先にシャワー浴びてきていいよ」

クローゼットから取り出したブルーのタオルを手渡され、郷田は「えっ」としどろもどろになってしまった。

自分がなぜ茉美の家に来ることになったのか、とか、昨夜の行為が同意の上だということは分かったが、重要なことがまだ話し合われていない。

（ど、同意の上ということは、お付き合いをしてもらえるということなのですか、茉美さん……？）

そう言おうと口を開いた瞬間、遮《さえぎ》るように茉美が言った。

「そんな顔しなくて大丈夫。昨夜のことはなかったことにしよう」

「えっ⁉」

何が大丈夫なのかさっぱり分からず、郷田は焦《あせ》って瞬《まばた》きを繰り返す。

だが茉美の方も、郷田の素《す》っ頓狂《とんきょう》な声に驚いたように目を瞬《またた》いた。

「え？　だって郷田くん、社内恋愛はコリゴリって言ってたじゃない。前の職場で大変な目に遭ったんでしょう？」

指摘され、郷田は盛大に天を仰ぎたくなった。

「………そうです、ね……」

確かに、郷田は前の職場で女性関係のトラブルに遭っていた。

郷田は同期の女性社員と交際をしていたのだが、彼女が非常に嫉妬深く、仕事仲間の女性にまで悋気《りんき》するので困っていた。このままでは仕事にならないからと別れを切り出したのだが、彼女はそれが仕事仲間の女性のせいだと思い込み、その女性をストーカーするようになってしまったのだ。

それは警察沙汰にまで発展し、郷田は自主退社することになった。

郷田にしてみれば、別れてから半年以上経っていたし、「なぜ自分が」という気持ちがなかったわけではない。だが彼女と交際していたのは確かで、共有した時間がある以上、自分に全くの非がないとは言えないのかもしれないと、退社という方法で責任を取ったのだ。

そんな時、大学の先輩だった現在の社長に声をかけられ、渡りに船といった具合に転職先が決まった。

心機一転、新しい職場で頑張ろうと思っていた郷田が、心に決めていたことがある。それは『職場恋愛はしない』ことだった。苦い経験から得た教訓だったわけだ。

(だがそれをなぜ茉美さんに言ってしまったんだ、過去の俺！)

あれは入社当初で、社長が郷田を茉美に紹介した時に冗談のように言ったのがきっかけだった。

『郷田は女運以外は持ってる男だから。鍛えてやって、御前《ごぜん》』

「御前」とは彼女のあだ名だ。「静岡《しずおか》」という名字から「静御前」に繋がり、「静」がなくなって「御前」になったらしい。回りくどいことこの上ない。

とまあ、社長のデリカシーのないこの発言が理由で、茉美に前職の退社理由まで話すことになったのである。

（……言い訳をすれば、あの時は、茉美さんのことをこんなに好きになるなんて思っていなかったから……！）

いや、初めて見た時から、茉美を可愛いなと思っていたことは認める。だが芽生え始めたその感情を抑制するためにも、彼女に言っておくのは悪いことではないとあの時は思ったのだ。

（あの時の俺、本当にアホ！）

過去の自分を盛大に罵倒《ばとう》していると、茉美にポンと肩を叩《たた》かれた。

「ね？　だから、今回のことは忘れよう、お互いに」

「そ、俺は……」

なんとか彼女に気持ちを伝えようと口を開きかけると、茉美が「メッ！」と叱《しか》るように人差し指を突き出した。なにそれ可愛い。

「こら、責任とか感じなくていいよ！　同意の上だったし、……その、郷田くんのえっち、すごく気持ち好かったから……」

パァアアアア！　と目の前に天国の光が見えた。

（俺のえっち、気持ち好かったって、今茉美さん言った⁉　幻聴じゃないよな⁉）

これ以上の褒《ほ》め言葉があるだろうか。脳内に天使のラッパが鳴り響き、妖精たちが花を撒《ま》き散らす中、郷田はその喜びを噛《か》み締めてしまったが、それどころではなかった。

「あ、でも一応、妊娠してたら伝えるね。郷田くん、ちゃんとマナー守ってくれたし、大丈夫だと思うけど、万が一ってことがあるから」

(妊娠してるかもしれないのに、付き合ってはくれないいんですか……)

こんなことならあの時避妊具などつけなければ良かった、などと不届き千万なことを考えながら、郷田は茉美に押し出されるようにしてバスルームへと向かった。

熱いシャワーを浴びながら、郷田は悶々《もんもん》と考えた。

あんなにあっさりと「なかったことにする」などと言えるなら、彼女は俺のことを好きではないのだろう。いや、だが合意だと言っていたし、抱かれてくれた上、気持ち好かったとまで言ってくれたのだから、やぶさかではないはずだ。……多分。きっと。

「よし。ちゃんと付き合ってくださいと言おう」

入社当時の話は、あなたを好きになる前だったからだと、正直に伝えよう。呆《あき》れられるかもしれないが、それで彼女と付き合えるなら屁《へ》のカッパである。

「よし!」

拳《こぶし》を固めた郷田が勇んでバスルームを出ると、ふわっと香ばしいコーヒーの匂いが鼻腔をくすぐる。リビングのドアを開くと、ベッドの横のローテーブルの上に朝食が並んでい

た。

トーストにハムエッグ、そして大きなマグカップに入ったコーヒーだ。

「あ、郷田くん。上がった？　じゃあ私もシャワー浴びてくるから、そこのご飯食べていいからね！」

「あ、ありがとうございます！」

茉美の手料理が食べられるなんて感激だ。

パアッと顔を輝かせた郷田に、茉美は申し訳なさそうな顔をした。

「それで、悪いんだけど、ご飯食べたら帰ってくれる？　郷田くん、昨日の服のままだから一回着替えてから出社してほしいの」

「えっと……」

唐突なお願いに目を丸くしていると、茉美は苦笑いをする。

「ほら、うちの会社女の子ばっかりだから……彼女たち、目敏いじゃない？　昨夜郷田くんが私を送ってくれたの、皆知ってるから、あらぬ誤解を生んだら困るでしょ？」

（俺は全然、これっぽっちも困りませんが……！）

そう言いたくて口を開いたものの、ハッとなった。

（茉美さんが俺と付き合うつもりがこれっぽっちもないとしたら……）

『郷田くんが困らなくても、私が困るんだよね。ごめんね』

と、優しいのか優しくないのか分からない返事をされそうだ。

（……茉美さんに拒まれたら、ちょっと……しんどいかもしれない……）

想像だけでダメージを受けた郷田は、開いた口を再び閉じる。

なんてこった。とんだヘタレである。

青ざめた顔で押し黙る郷田に、茉美は「まあ、そういうことだから」とポンポンと肩を叩いた。

「食べたら家に帰って、ちゃんと着替えてきてね！　あと、うちオートロックだから鍵は気にしなくて大丈夫。私お風呂長いから、当分出て来ないから見送れないと思うけど、ごめんね」

顔の前で両手を重ねて「ごめん！」のジェスチャーをすると、タオルと着替えを手にバスルームへ行ってしまう。

ヘタレ郷田はといえば、そんな彼女を呆然と見送るしかできなかったのだ。

＊＊＊

降車駅の名前がアナウンスされ、ぎゅうぎゅうに押し込められていた地下鉄から逃げるように脱出した茉美は、人だらけのホームを足早に歩きながらため息をついた。

(本当に、日本の電車の混み具合ってどうかしてるわ!)

息もできないくらい人を詰め込むなんて、尋常ではない。

ただでさえ小柄な茉美は、毎朝もみくちゃにされ降りる頃にはボロボロになってしまうのに、今日は全身が筋肉痛だからもう半死半生の状態だ。

(う、歩くと内腿がプルプルする……。ぺったんこの靴にして正解だった)

茉美の勤めるリアル・プランニングは、服装の規定がない。もちろん他社を訪ねる時などはスーツを着て行くが、それ以外の日はジーンズでもOKなのだ。社長自らジーンズとスニーカーで出社することが日常茶飯事だったりする。

(あ、でも郷田くんはスーツが多いよね……。昨日もだったし……)

前職が銀行の営業だったせいか、郷田はあまりラフな格好で出勤しない。たまにジャケットとパンツというスタイルで来ることもあるが、それでもジャケットはかっちりとした型のものだ。オンとオフを明確にするタイプなのかもしれない。

学生時代はバスケ部だったという郷田は、日頃もジムやランニングを欠かさないらしく、贅肉のない鍛えられた体躯《たいく》をしている。おまけに脚がめちゃくちゃ長く、顔が小さいのでモデルのような体型なのだ。

そんなスタイル抜群の彼にスーツが似合わないはずがなく、社内の女子の間では郷田を『スパダリスーツマン』などと面白がって呼んでいたりする。彼がスーパーヒーローのようになんでもできるかららしい。

（スーツは三割増しってよく聞くけど……郷田くんはスーツを差し引いても百二十点だったよね……）

なにしろ、昨夜スーツどころか下着まで脱いだありのままの姿を見たのだから。間違いない。

（……盛り上がった三角筋、逞《たくま》しい大胸筋、腹直筋はもちろんチョコレートだったし、忘れちゃいけない腹斜筋も美しかった……！）

筋肉フェチの茉美にとっては、郷田は完璧すぎる肉体を持つ男だった。

できれば臀筋群《でんきんぐん》も確認したかったけれど、そんな余裕は与えてもらえなかった。

（……本当にすごかったな、郷田くんのえっち……）

昨夜のことを思い出し、顔にじわじわと血が上ってきてしまう。

大きな手で丁寧に愛撫されて、その愛撫がまた優しいのに的確にこちらの快感を引き出すものだから、これまで経験したことがないくらいに感じてしまった。

（……パーフェクトマンは、夜もパーフェクトだったな……）

郷田が転職してきた時、社内の女子たちからどよめきが起こった。

ひっくり返るくらいの美男子だったからだ。

鼻梁は高く通り、口角の上がった形の良い唇に、手入れをしてなさそうなのにすでに完璧な形の眉。何より印象的なのは、その目だ。きれいなアーモンド型で、アイラインを引いているのではないかと思うほどくっきりとしており、その中の瞳は黒々としていて、オニキスのような艶《つや》があった。これが色っぽいというか、婀娜《あだ》っぽいというか……思わずごくりと唾を呑《の》んでしまうような色香を醸し出しているのだ。

完璧な部品を完璧な位置に配置した顔、と言えばいいだろうか。

それほど、郷田武《たけし》は美しい外見をしていた。

そして郷田のすごいところは、見た目だけではなかった。

この男、この国最高峰の国立大学をストレートで合格した後、メガバンクに入社し、二年で外務省出向となり、その一年後にはニューヨーク支店へ異動し海外勤務を経験していた。つまり出世コースのど真ん中を歩いていた人物だったのだ。

相当デキる人であることは、その経歴だけでよく分かる。

（実際に、めちゃくちゃ仕事ができる人だったたし。私が教えたことをすぐに覚えちゃうし、教えた以上のことを頭の中で組み立てて実行できる行動力もあるし……）

　この美貌で物腰も柔《やわ》らかく気配りも上手なため、彼を連れているだけで取引先に好印象を持ってもらえた。さらにまだ入社して数ヶ月でこちらのフォローまでしてくれて、まさに「痒《かゆ》い所に手が届く」どころか、「痒くないように予防」までできる、完璧な後輩だった。一緒に仕事をしていて、郷田ほどやりやすかった人はいない。

　そんな人がなぜこんなイベント会社に来ることになったのかは、おそらく社長と茉美だけが知っていることだが、彼に魅力がありすぎるがゆえの不幸なのだろうと思ってしまう。

　これだけハイスペック男子なのだから、もちろん社内でも大人気の郷田だ。

　かく言う茉美とて例外ではない。郷田のことは憎からず思って……というより、わりと真剣に「いいな」と思っていたし、この人とお付き合いできる人はどんな人なのだろうと想像することさえあった。きっと彼氏になったらスパダリになりそうだな、と想像の彼女を羨《うらや》ましいと思ったものだ。

（……っていうか、郷田くんのそばにいて、惹《ひ》かれない女性なんていないと思うのよね……）

　郷田武とは、それくらい魅力のある男なのだ。

　そんな郷田と一夜を共にすることになったのは、茉美にとっては幸運以外の何物でもなかった。

だからキスをされた時、びっくりしたけれど嬉しかった。

けれど心の底には、不安がなかったわけじゃない。

なにしろ、郷田は入社当時、茉美に「社内恋愛は二度としないです」と宣言しているのだ。その理由は彼の転職理由でもあった。前職で同じ職場の女性と交際していた結果、彼女がストーカーになってしまい警察沙汰にまで発展してしまったらしい。

郷田は完全に被害者だが、当事者である以上辞めざるを得なかったそうだ。

そんなひどい経験をしていれば、社内恋愛をしたくないという気持ちは十分に理解できる。自分がもしそんな目に遭っていたら、茉美とて同じことを思うだろう。

それがあったから、郷田とそんなことになってしまっていいのだろうかと、キスをしながら葛藤した。郷田は素面《しらふ》に見えるが、結構酒が進んでいたようだったし、手を繋いできたりと、らしからぬ行動も見られた。

もしかしたらかなり酔っているのではないか。理性を失っているのなら、彼を止めてあげるべきなのではないか。

ぐるぐると頭の中を巡っていた思考は、実のところあっという間に霧散した。

郷田のキスがあまりにも上手だったからだ。

（じょ、上手だったのは、キスだけじゃなかったけど……）

セックスは、これまで経験したのが本当に同じ行為なのかと疑問を抱くほど、上手だった。めちゃくちゃ気持ち好かった。

――だからこそ、郷田の記憶がなかったことが、残念で仕方ない。

（うわーん、悲しいよ……。郷田くん、かなりいいと思ってたのになぁ……）

かなりいいどころではない。ほのかだった恋心は、抱かれたことで完全に色鮮《あざ》やかな恋に変わってしまっていたというのに。

だが、ただでさえ「社内恋愛をしない」と決めていた郷田に、一夜の情事を理由に無理やり交際を迫るなんてこと、絶対にしたくない。

そんなことは自分の矜持《きょうじ》が許さないのだ。

（……久々にトキメキを感じる男性に出会えたと思ったのに……。恋って上手くいかないな。仕事は努力すれば実るのに……）

じわりと滲《にじ》みそうになる涙を、茉美はパチパチと瞬きをして散らした。

（……私がこんなに意地っ張りじゃなかったら、郷田くんと付き合えていたのかな？）

茉美は自分の弱みを人に見せられない。困っていたり弱っていたりしても、「大丈夫、大丈夫」と笑ってしまうのだ。これまでの恋愛も、この意地っ張りな性格ゆえに、壊れてきたような気がする。

（でも、仕方ないじゃない。これが私なんだもの……）

意地っ張りでもいい。信条に背かせて、無理やり付き合ってもらったところで、郷田も辛《つら》いし、罪悪感で自分が苦しいだけだ。誰も幸せにならない。

（……そう、だから忘れるの。自分で決めたんだから、ちゃんと気持ちを切り替えていかなくちゃ。郷田くんはただの良き同僚！　それだけ！）

これからも同じ職場で顔を合わせなくてはならないのだ。

自分がしっかり切り替えなくては、郷田もやりにくいだろう。気まずい事態にだけはなりたくない。

「よし！　頑張るぞ……！」

小さな声で自分を激励すると、茉美はオフィスのあるビルへと入って行ったのだった。

第二章：郷田くんは告白できない

「おはようございます」

「おはようございます！　郷田《ごうだ》さん！」

語尾にハートマークが見えそうな甲高い声で挨拶《あいさつ》を返され、郷田は苦笑いを零《こぼ》した。

オフィスに入って行くと、真っ先に挨拶を返してくるのは契約社員の園部由佳《そのべゆか》だ。郷田と同じ財務部のメンバーで主に雑務をしてもらっている。

（……と言っても、財務部は俺を含めて三人しかいないんだが……）

もう一人は社員の棚尻《たなじり》という男性で、簿記一級の資格を持っている主戦力だ。園部は高校の商業科を卒業したので簿記二級を持っているはずなのだが、どうにも要領が悪くミスも多いため、棚尻の指示する雑務だけさせているのが現状だ。

（契約期間は一年だから、あと半年……更新はないな）

郷田は密かにそう判断していた。

申し訳ないが、ここまで使えない人材は人材とすら言えない。

とはいえ、ここで働いている間はキツく当たらないようにと気をつけている。職場の空気は良い方がいいに決まっているのだから。

「郷田さん、コーヒー飲みますか？　私、淹れてきます！」

デスクの椅子《いす》から腰を浮かし、今にも擦り寄ってきそうな園部に、郷田は手のひらを前に上げてやんわりと断った。

「いや、要らないよ。ありがとう（そして君の仕事はコーヒーを淹れることじゃないので領収証の整理とかしたらどう？）」

無論カッコ内は心の中に留めて声には出さなかった。

「え～！　私の淹れたコーヒー、美味しいのに～」

「ははは（コーヒー淹れたきゃスチバ行けこの給料泥棒め）」

無論カッコ内は（以下同文）。

（社長、絶対顔で採用したな。あの人こういうアナウンサーっぽいの好きだからな……）

社長とは、学生時代から女性の好みが合ったためしがない。まあそういうものは人それぞれだからいいのだが、職場の人事は真面目にやってほしい。

サクッと躱《かわ》して園部の前を素通りし自分のデスクに座ると、郷田はさり気なく隣の島を見て茉美《まみ》の姿を探した。

（あ、いた）

どうやら彼女の方が早く着いたようだ。

ファネルネックのラベンダーカラーのサマーニットにミルクベージュのパンツを合わせ、紺色のジャケットを羽織っている。緩く巻いたミディアムショートが顔の小ささを強調していて、耳には大振りのピアスが揺れている。

（ああ……今日の服装もお似合いです、茉美さん……）

茉美は自分に似合う物をよく分かっている女性だ。ファッションは少なからずその人を映す鏡のようなものだと、郷田は思っている。茉美のファッションは彼女が自分のことを理解できていて、自分の好みと自分に似合う物、そしてＴＰＯに合わせた物を選んでいるからできる着こなしなのだ。

うっとりと見惚《みと》れかけた郷田は、いかんいかんとすぐに他へも視線を移す。

すると企画部の人たちと目が合ったので挨拶を交わした。

「おはようございます、郷田くん！」

「うっす、郷田さん！」

「おはようございます、渡嘉敷《とかしき》さん、黒田《くろだ》くん」

郷田はこの会社の取締役で、この会社には郷田の上司は社長だけである。

だが入社当初は現場を経験するために企画部で一社員として仕事をしていたため、その時の名残《なごり》で郷田のことを「くん」付けで呼ぶ者もいれば、「さん」付けで呼ぶ者もいるのだ。

これに対し、郷田は誰に対しても敬語で統一している。その方が面倒がないからなのだが、女子社員から「郷田さんの喋《しゃべ》り方って、優しいし紳士的ですよね！」と言われたことがあって驚いた。

そういう捉え方もあるのか、と思ったが、「そんなことはありませんよ」と笑顔で謙遜しておいた。仕事以外の会話はわりと適当な男である。

郷田自身は自分のことを冷淡な性格だと分析しているが、周囲の人間の評価は真逆なことが多くて驚いてしまう。昔から、興味がないものにはほとんど関心を示さず、興味があるものへの執着が異常なほどだったそうだ。

母親には「ゼロか百の男」と言われたほどだ。ちなみにこの時の母の顔は、心配と嫌悪を足して二で割ったような表情だった。

（……こういうところ、父さんにそっくりらしいからな……）

結婚して三十年以上経つ今もなお、父からの執着を向けられ続けている母は心底うんざりしているようだ。

「郷田さん、昨日茉美さんを送り狼してないでしょうねー？」

そんなことを考えていると、黒田に爆弾を投下されてギョッとなる。

だが郷田は感情があまり表情に出ないので、黒田をじっと見てニコリと笑ってやった。

すると黒田はポッと顔を赤らめて、「や、やだ、郷田さんに見つめられると、僕、新たな扉開いちゃう……」と呟《つぶや》いている。なんの扉を開くつもりなのだろうか。

「……どう思いますか？」

笑みを浮かべたまま逆に訊ねてやると、黒田が「あ……あ……」と不思議な温泉街の不思議な妖怪のような声で鳴き、隣にいた渡嘉敷にベシッと肩を叩《たた》かれた。

「もう！　アンタは！　郷田くんがそんな不埒《ふらち》な真似《まね》をするわけないでしょ！　郷田くんだよ⁉」

郷田くんですが、めちゃくちゃ不埒な真似をさせていただきました、すみません。

心の中で謝りながら、郷田はニコニコとした笑顔を貫く。

「はー、もう、ごめんなさい、郷田くん。朝っぱらからこんなばかの相手をさせて」

「いえいえ」

「え、郷田さん、ばかのところ否定してくださいよ」

「うん？」

「優しい笑顔が凶悪！」

ぴえん、と泣き真似をする黒田の肩を、渡嘉敷がもう一度ペシッと叩いている。

ギャーギャーと騒ぐ二人を見ていると、「コラー！」と可愛い声が聞こえてきて、郷田はご主人を見つけた犬のようにパッとそちらへ目をやった。茉美の声だ。

「ほら、そこの三人！　社長が朝礼するって！　こっち集まって！」

見れば企画部のホワイトボードの前に人が集まり、その中心にいる茉美が腰に手をやってこちらを見ていた。

（ああ、怒ったような顔も可愛い……）

心の中で彼女に見惚れながらも、郷田はにっこりと笑って「すみません」と謝る。

それに渡嘉敷と黒田も「すみませーん」と続き、ホワイトボードの方へ駆け寄った。

ホワイトボードの前には社長が立っていて、とてもご機嫌な様子がその表情で分かる。

何か良いことがあったのだろう。

（……そういえば昨夜の焼き肉、途中でどこかへ行ってたな……）

途中で社長のスマホに連絡が来て、慌てたようにすぐ掛け直していた。電話の後は金だけ置いて「すまん、急用が入った！　これで精算しといてくれ！」と店を出て行ったのだ。

(社長が社員よりも優先するとしたら、仕事相手だよな……。つまりイベント企画を依頼してくる客である。そしてあの慌て方からして、相当大口の客だな、と思いながら郷田は皆の後ろの方に立った。

「おはよう！　昨日は本当にお疲れ様でした！　みんなのおかげで今回の仕事も無事大成功を収めることができた！　花椿堂の大谷《おおたに》専務もとても満足してくださったよ！」

社長が皆を労うようにパチパチと拍手を始めたので、皆がくすぐったそうに笑いながらそれに倣《なら》って拍手をする。

「そして、昨夜の焼き肉屋、最後までいられなくて悪かった！」

社長が深々と頭を下げたが、皆はドッと笑った。

「いや、お金置いてってくれましたから！」

「そうそう、社長がいない方が気楽に呑《の》めましたよ！」

「あの後、特上フィレ頼んじゃいましたから！」

次々に揶揄《やゆ》する社員たちに、社長は「お前らな〜」と怒った顔をしてみせるが、またドッと笑いが起きる。

その様子を眺《なが》めながら、郷田は「いいな〜」といつも思う。

小さな会社だからこそできるアットホームな雰囲気《ふんいき》は、銀行ではありえない。皆で何かを成し遂げるという成功体験をこんなふうに分かち合えるのは、やはりこの社長の人柄だなと思う。

(先輩、大学時代もバスケサークルの中心だったしな)

人を纏《まと》めるのが上手い人なのだ。

「まあ、ともあれ、俺が途中抜けした甲斐があったぞ。聞いて驚け！　あのナナトリーから新製品のお茶のノベルティの企画参加の打診があった！」

ナナトリーの名前に、ワッと皆が沸いた。

それもそうだろう。ナナトリーとは洋酒やビール、清涼飲料水の製造・販売等を行っている企業グループの総称で、ブランド名でもある。主要な事業はアルコール飲料だが清涼飲料においても一定の地位を築いており、この国で知らぬ者はいない名前だ。

「え、ナナトリーって、あのナナトリーですか⁉」

「この間出た発泡酒、安くて美味いってめちゃくちゃネットでバズってますよ！」

「え、えー！　すごい！」

次々に歓声を上げる社員に、社長は「どうどう」と落ち着かせるように両手を上げ下げした後、ニヤリと笑った。

「そのナナトリーだよ。今回の花椿堂のイベントにナナトリーの常務である北城《ほうじょう》さんという方も招かれていてな。素晴らしい仕事ぶりだったからと、我が社に問い合わせてくださったんだ」

やはりあの時の電話か、と郷田は納得した。すっ飛んで行くわけである。

「これを勝ち取ることができたら、我が社の知名度と社会的信頼が飛躍的に上がる！　社運を賭けたコンペ、取りに行くぞ！」

社長の声に、皆が拳《こぶし》を固めて「おお！」と呼応する。

郷田は腕を組んでそれを眺めながら、これから忙しくなりそうだ、と思った。

これは社長の言う通り、社運をかけたコンペだ。報酬金額もさることながら、大企業との仕事の経験は、社会的信頼度が飛躍的に上がる。イベント企画会社などの企業は、信頼が重要だ。

現在このリアル・プランニングではいろんな会社に営業をかけることで仕事を得ているパターンが多いが、信頼度が上がれば企業側から依頼されることが増えてくる。信頼とは言い換えれば実績であり、そこにナナトリーの名前が挙がるのは、この会社にとって大きな一歩となるだろう。

「コンペのチームリーダーには、静岡《しずおか》茉美を指名する」

社長の指名に、皆が歓声を上げる。皆彼女の実力を認めているから、誰一人として異論を唱える者は出なかった。

茉美自身も頬を紅潮させ、意欲に満ちた顔をしている。

「御前《ごぜん》、お前ならやれる。頼んだぞ」

「はい！　尽力します！」

社長の言葉に、目を輝かせて頷《うなず》く彼女を、郷田は眩《まぶ》しく見つめた。

是が非でも勝ち取りたいこのコンペ、主役は当然企画を練る企画部の人間だ。

郷田にできることといえば、彼らが使う経費の捻出と彼らのやりたいことをやれる方法を見つける後方支援。要は彼らのサポートだ。

（あなたがその実力を遺憾なく発揮できるよう、しっかりとサポートさせていただきます、茉美さん！）

全力で応援するぞ、と胸の裡《うち》で誓っていると、腰をするりと撫《な》でられる感触がしてギョッとした。

目を剝《む》いて背後を振り返ると、いつの間にかやって来たのか、園部が立っている。何をするんだこの痴女《ちじょ》が、という気持ちを込めて睨《にら》んだが、上目遣いでニコッと笑われて困惑した。笑っている場合かお前。それ下手するとセクハラなんだが。

「なんだか皆さん張り切ってますねぇ。私たちはなんだかちょっと蚊帳《かや》の外……？　少し寂しいですぅ」

蚊帳の外なのはお前だけだろう、一緒にするな。

と口に出かかって、慌てて修正する。

「蚊帳の外なんかじゃないですよ。彼ら企画部の人たちが全力を出せるようにサポートするのが我々の仕事ですからね。園部さんも頑張りましょう」

と笑顔でいなすと、園部はパッと顔を輝かせて手を叩いた。

「あっ、じゃあサポート組な私たち、親睦を深めた方がいいですよねぇ？　ね、郷田さん、今夜二人でお食事でもどうですかぁ？」

「あ、すみません。食事は無理ですね」

誰が行くかという話である。親睦を深める前に仕事をまともにできるようになってくれ。

（このアホ、頭の中がお花畑か）

面倒臭すぎて相手にするのも苦痛である。

郷田にしてはかなりの塩対応をしたにもかかわらず、脳内お花畑はめげなかった。

「ええ〜！　食事くらいいいじゃないですか〜！　じゃあ〜お茶はどうですかぁ？」

「お茶も無理ですね」

「え〜！　郷田さんひどい〜！」

「ひどくないですね。さ、仕事しますよ」

しれっといなして自分のデスクへ向かおうとした郷田は、ふと視線を感じて顔を上げた。すると茉美のバンビのような瞳がこちらを見ていて、心臓がドキッとする。

（茉美さん！）

彼女と目が合ったことが嬉《うれ》しくて、郷田は心の中で歓喜の声を上げたが、茉美の方は浮かない表情でサッと視線を逸《そ》らして、どこかへ行ってしまった。

郷田はザッと血の気が引いた気持ちになる。

漫画だったら、ガーンと効果音が書かれたベタフラッシュが背景である。

（え、なんで……俺、何かしただろうか……？）

と己《おのれ》の行動を振り返り、すぐにハッとした。

（もしかして、今の園部さんとのやり取りを見て、何か誤解をさせた……？）

園部にわけの分からない話をされただけだが、園部の距離が妙に近かった上、腰を撫でられたりもした。正確には園部が勝手に近づいてきただけだが、はたから見れば親密に見えたかもしれない。

（そ、そんな！　誤解なんてしないでください！）

この脳内お花畑女が相手だなんて誤解、誰にもされたくないが、最もされたくないのが茉美である。

焦《あせ》った郷田は、足早に彼女の後を追った。

茉美は階下に降りようとしていたようで、エレベーターの前で見つかった。

彼女らしからぬボーッとした様子だったが、焦っていた郷田は構わず声をかける。

「茉美さん！」

その声にビクッと肩を揺らした茉美は、駆け寄ってくる郷田を見て目を丸くした。

「あ、ご、郷田くん？　どうしたの？」

「下へ行くんですか？」

このオフィスビルの一階にはコンビニがあるのだ。

「あ、う、うん。コンビニで飲み物とチョコレートでも買おうと思って……」

「俺もです。ご一緒します」

問答無用とばかりに言い切ると、茉美は怪訝《けげん》な顔をしながらも頷いてくれた。

間を置かずエレベーターが到着し、郷田は茉美を先に乗せてから自分も乗り込み、ボタンを押してドアを閉める。

エレベーターが動き出してようやく、郷田は口を開いた。

「さっきのはなんでもありません」

「……さっきの」

鸚鵡《おうむ》返しをされて、郷田は内心ちょっと怯《ひる》む。

（茉美さんに誤解をさせてしまったかと思ったけれど、誤解も何も、彼女が俺に関心がなければどうでもいいことなのでは⁉）

だがここまで言ったからには最後まで弁明しよう、と郷田は覚悟を決める。

「園部さんです。彼女の誘いは断りました」

「……誘い？」

「二人で食事に行こうと誘われたんです。断りました。行きません」

ハッキリと言っておきたくて、言い方を変えて繰り返すと、茉美がプッと小さく噴《ふ》き出した。

「……そうなんだ。断ったんだ」

「当たり前です」

俺にはあなたがいますから！　と続けようとした郷田は、続く茉美のセリフにまたもや絶句する羽目になった。

「……郷田くん、社内恋愛しないって言ってたもんね」

「…………ッ！　…………ッ‼」

郷田は目を閉じて天を仰ぐ。下唇を思い切り噛《か》み締めていた。

（本当に、あの時の俺、ぶっ飛ばす）

無駄に川柳《せんりゅう》になってしまった。

過去の自分をこれほど恨む日が来るとは。

茉美がこう何度も繰り返すということは、茉美の中で郷田が誓いを守る男であると認識されているということだ。それを覆《くつがえ》すには、勇気が必要だった。

だがしかし、これを乗り越えなければ欲しい未来を手にできない。

郷田はスゥッと息を吸い込むと、腹に力を込めて言った。

「あの……俺、茉美さんのことを」

だがその言葉はまたも茉美によって遮《さえぎ》られる。

「分かってるって。大丈夫」

「いや、大丈夫とかではなく」

言い募ろうとすれば、彼女は何かを思いついたような顔になった。

「ああ……あのね」

言いながら、内緒話をするように顔を寄せて来られて、郷田の心臓はキュンッと音を立てて軋《きし》む。ふわりと茉美の香水の香りがして、脳内にドーパミンが大量に放出されていくのが分かる。

（くっ……ああ～……茉美さんいい匂い……！　くそ、抱き締めたい……！）

「妊娠してないことが分かるまで、あと三週間くらいだから。もうちょっと待ってね」

茉美の匂いを堪能していたら、トンチンカンなことを言われて呆気《あっけ》に取られてしまった。

（妊娠の心配なんかじゃないんです！）

「いやその」

むしろ妊娠していたら万々歳、喜んで責任を取らせていただきます！

違うのだ、と説明しようとした時、ポォンと気の抜けた音がしてエレベーターが停まった。

「あ、着いたよ。行こ、郷田くん」

好きな女性に微笑《ほほえ》みかけて言われたら、「はい」と二つ返事でついて行ってしまう。恋する男の悲しい性《さが》である。

（ああ～～～もう～～～！　また言えなかった～～～～！）

己のタイミングの悪さを呪いながら、郷田はわずかな時間ではあるが、茉美とのコンビニデート（主観）を楽しんだのだった。

＊＊＊

ナナトリーのコンペのプロジェクトリーダーになって一週間、茉美は目まぐるしい日々を送っていた。

ナナトリーが半年後にローンチする新商品は、在来種の茶葉を使った緑茶である。

定義はいろいろあるが、ナナトリーが言う在来種というのは、品質と生産性を均一にするために改良されたお茶ではなく、平安時代にかの有名な僧侶、最澄《さいちょう》や栄西《えいさい》らが中国《ちゅうごく》よりもたらしたと言われる古来そのままのお茶である。

また多くの改良種のお茶が挿し木によって増やされるのに対し、在来種のお茶は種から育てられるため、深根性で寿命が長いことが特徴だ。

こうした在来種は生産性や品質が自然環境に左右されるが、改良種にはない奥行きのある味わいが楽しめるため、密かに人気を集めているそうだ。

在来種はその性質から需要が少なく、国内全茶園が栽培する品種割合は、改良種99％、在来種1％という具合だ。めちゃくちゃ希少である。

ナナトリーはこの希少性に目をつけた。

もちろん、大量生産を目的とするペットボトル商品に、生産量が少ない在来種は不向きだ。だから改良種とのブレンドはするのだが、コンセプトとして打ち出すのが「日本古来種」と「奥行きのある味わい」なのだ。

そしてリアル・プランニングの仕事は、この在来種のお茶のプロダクトローンチ時に付けるノベルティを考えることである。

このコンペで競合するのは、リアル・プランニングの他二社、「壱光《イッコウ》」と「スペース・キューブ」、いずれも大手企画会社だ。

ノベルティ制作に関する案件は、デザイン制作会社に依頼するのが一般的だが、ナナトリーは今回に限りイベント企画会社に依頼していた。

というのも、このコンペを勝ち取った会社に、ローンチイベントのプランニングも任せる予定だからだ。なんでも、花椿堂のイベントの際のノベルティに、ナナトリーの北城常務がいたく感動したのだとか。そのノベルティとは、たまたま茉美が思いついた案が採用された物で、ローンチされた口紅のイメージに合わせた練り香水だった。

（あの時の私の提案が、花椿堂さんに即座に採用されたのも嬉しかったけど、それがまたこんなふうに評価されるなんて……本当に嬉しい）

俄然《がぜん》やる気に繋がるというものだ。

ナナトリーに提示された条件は、『日本の物を使ったサステナブルな日用雑貨』であること。ならば、と茉美たちプロジェクトチームが会議に会議を重ねて決定した案は、京鹿《きょうか》の子絞《こしぼ》りを使ったエコバッグである。

京鹿の子絞りとは、布を糸で縛って染め上げる京都《きょうと》の伝統的な染色法だ。絞られた部分が一部染色されずに白く残ることで独特の模様となる。和装素材やインテリアなどにもよく使われていて、日本人なら一度は見たことがあるはずだ。

この技法を使えば布素材に収縮性ができるから、かなり小さくできる。素材をリサイクルポリエステルにすれば単価も下げられるし頑丈さも増す上、条件である『サステナブル』もクリアできる。エコバッグにはピッタリだ。

問題は、この技法をただ使うのでは平凡すぎるということだ。

（付加価値を付けなくちゃ）

そこで茉美は、大正時代から続く創業百年という京鹿の子絞りの専門店、『小川蝶十郎《おがわちょうじゅうろう》商店』に目をつけた。ここは古い伝統を守るだけでなく、創業者蝶十郎の名前をもじった『MONSIEUR PAPILLON』（ムッシュー・パピヨン）というスタイリッシュで現代的なブランドを立ち上げている。有名なミュージシャンとのコラボもしていて、若者の認知度も高いのだ。

（『MONSIEUR PAPILLON』の名前を入れられれば、注目度は高まる上、『日本の物』

という条件もかなり前面に打ち出した形でクリアできる！）

茉美の提案に、チームメンバーが満場一致で賛成し、いよいよこのプロジェクトを現実的なものとするために動き出すことになった。

コンペの提出案は、当たり前だが実現可能なものでなくてはならない。

「よし、『小川蝶十郎商店』と、リサイクルポリエステルを扱ってる『本里《もとさと》ホールディングス』に、協賛依頼のメールを送った。とりあえずは返事待ちだけど、レスあり次第各所に向かうからね！」

「蝶十郎さんの方は京都で、本里さんは神奈川《かながわ》ですか。了解です！」

「誰が行きます？」

「どっちも私が行きたいけど、レスの順番次第かな。私が行けない方には森《もり》くんにお願いする。同行者は、私には香川《かがわ》くん、森くんには渡嘉敷さん。男女ペアの方がいいから」

全くもって良いことではないが、女性だけだと相手にされなかったり、変な要求をしてくる輩《やから》がいたりする世の中だ。予防線は張っておくに越したことはない。

逆に女性がいた方がいい場合ももちろんあるので、茉美はこういう時必ず男女をペアにするのだ。

「三人とも、出張になると思うからいつでも行けるように準備しておいてね。名刺を忘れないで。あと、当然だけどスーツです。今日帰ったらアイロンかけておいてください」

茉美のテキパキとした指示に、指名された三人がそれぞれのデスクで返事をする。

「了解です！」

「分かりました！」

「はい」

返事を確認した後、茉美はホワイトボードにチームの予定を書き込んでくれている女子に声をかけた。

「あ、あと手土産を用意しなくちゃ。日持ちのするおしゃれで軽い物……芽夢《めむ》ちゃん、こういうの詳しいよね？　なる早でお願いできる？」

「はーい！　もちろんです！」

メンバーに仕事を割り振った後、茉美は小さくため息をつく。

「よし、後は……次点だったＪＡＸＳＡでも使われているという日本の折り紙技術を使う案、あれもすごく良かったよね。万が一に備えて、一応メールを送っておくわ。確か日本折り紙協会だったよね……」

「もしかして、Ｔ大の名誉教授が会長してるところですか？」

「そうそう……あ、郷田くん」

パソコンを弄《いじ》りながら喋っていた茉美は、その相手が郷田だったと気づいてドキッとした。目が合うと、郷田はにっこりと微笑んだ。

その笑顔が眩しくて、茉美の心臓がキュンと音を立てる。

(うう、疲れてる時にその美しい笑顔……！　心臓に悪い……！)

そんな自分の内心を誤魔化すように、茉美はコホンと咳払いをした。

「どうしたの？　企画部に何か用？」

取り澄ました顔で訊ねると、郷田は手に持っている物を差し出してきた。

某有名コーヒーショップのカップだった。

「差し入れです。皆さん、根を詰めていらっしゃるので、休憩をと思いまして」

優しい声が、身体の芯に染み渡るようだ。

ふとパソコンの時間を見れば、もうとっくに午後を回っていた。自分でも気がつかなかったが、相当集中して仕事をしていたらしい。

「あ……ありがとう……」

やや呆然と呟くと、郷田は「どういたしまして」とまたにっこりと笑った。

「茉美さんはアイスカフェラテのアーモンドミルク変更、シロップなし、ですよね？」

「う、うん……」

なぜ好みを知られているのだろうか。

驚く茉美の後ろで、同様に郷田から差し入れをもらったメンバーが歓声を上げる。

「郷田さん、差し入れありがとうございまーす！」

「フラペチーノ嬉しい〜！　新作だ〜！」

「あ、あったかいのもある！　ありがたい〜！　私、冷たいコーヒー飲めないんだよね」

「おっ、チャンククッキー！　俺これ好きなんだ！」

「いや〜郷田さん、ほんとスパダリすぎ〜！」

（……ああ、みんなの好みを把握してるんだ……。さすが、『パーフェクトマン』……）

一瞬自分のことだけを特別扱いされたのかと思ってドキッとしたが、そんなわけがない。

郷田は皆に平等に、公平に優しいだけなのだ。

ほんのちょっとガッカリしながら、もらったカフェラテに口をつけていると、郷田が茉美のパソコンを覗《のぞ》き込んできた。

秀麗すぎる美貌が間近に来て、ドキドキしっぱなしになるからやめてほしい。

（……うっ、郷田くんの匂いだ……！）

少し燻《いぶ》したようなブラックティとアンバーの混じった香水の匂いだ。どこの香水を使っているのだろうか、すごくいい香りだ。

自分も使いたいなと思うほどいい香りだが、この香りを嗅《か》ぐたびに、茉美の頭の中であの夜のことが閃光のように蘇《よみがえ》ってしまうので、やはり使うわけにはいかない。

今もあの夜の郷田の腕の力強さや、太い首を伝う汗を思い出して、お腹の奥が熱くなってしまい、慌てて脳内の画像を打ち消した。

「……ましょうか？」

自分の脳内と必死で戦っていた茉美は、郷田に話しかけられていたことに気づいて、慌てて顔を上げる。

「え、ごめん。ボーッとしてた！」

「あ、すみません。休憩中なのに」

「いいのいいの、何？」

ブンブンと頭を振ると、郷田は遠慮がちにパソコンの画面を指さした。

「この日本折り紙協会の会長、俺が話を通しておきましょうか？」

「え？」

「顔見知りなんです。俺の出身校の教授なので」

「――あっ！　そうか、T大！」

日本折り紙協会の会長は、T大の名誉教授だ。

「え、でも郷田くん文系じゃなかった？　この教授、理系だよね？」

なぜ法学部の学生と宇宙工学の教授が顔見知りになれるのだろう、と首を捻《ひね》ると、郷田は少し困ったように笑った。

「一年生の時、この教授の一般教養の授業があったんです」

「ああ、なるほど……？」

茉美は海外の大学を卒業しているので、日本の大学のカリキュラム状況がよく分からないが、コミュ力のお化けのような郷田であれば、その辺の通りすがりのおじいちゃんとでも仲良くなれそうだ。

（きっとその教授にも相当気に入られていたんだろうな）

頭の良さに加え、機転の利く会話で、気難しい人でもあっという間に打ち解けさせてしまうのが郷田なのだ。

「えっと、じゃあ、お願いしてもいいですか？」

自分よりも郷田の方が適任だと判断して頼むと、郷田はパッと顔を輝かせる。

「はい。もちろんです！」

それがまるで飼い主に褒《ほ》められたワンコのような反応で、茉美は思わず両手で彼の頭をワシワシと撫でてしまった。ヨーシヨシヨシ！　ワシワシワシワシ！

「ま、茉美さん……？」

「郷田さんに、何してるんですか……？」

おそるおそる、といった具合でメンバーに言われ、茉美はハッとなって慌てて手を引っ込める。

「ご、ごめんなさい！　えっと、すごく助かっちゃうから、嬉しくて、つい！」

自分でもなんだそれ、と思う言い訳に泣きたくなったが、郷田は輝かんばかりの笑顔を見せて言った。

「俺も嬉しいです！　ご褒美です！」

茉美によってぐちゃぐちゃにされた髪でそう言って、郷田は爽《さわ》やかにその場を去っていった。残されたメンバーはその背筋の伸びた後ろ姿を見送った後、茉美に胡乱《うろん》げな眼差《まなざ》しを向けてくる。

「茉美さん……」

「い、いや、なんか、郷田くんが大きな犬に見えてしまって……可愛くって……」

「い、犬⁉　あのスパダリを犬って！　可愛いとか、目がどうかしてるんですか⁉　郷田さんはカッコイイ、とかイイ男、ですよ！」

「疲れてるんですよ……。ちょっと休んでください！」

「も～！　糖分摂ってください！　ほら、チャンククッキーあげますから！」

「あ、甘いの苦手だから要らない……」

「糖分補給！」

皆に叱られ、さらに問答無用とばかりに大きなクッキーを押し付けられ、茉美はしょんぼりと肩を下げる。

（……何やってるのよ、私ぃ……）

いくら疲れているからといって、犬扱いは失礼すぎる。

（でも可愛かったんだもん……）

だが皆には可愛く見えないらしい。

（私だけに、特別に見せる顔……？　なんて、ばかじゃないの、ほんと……）

郷田から特別扱いされたいという、己の願望が浅ましくて、茉美は自嘲《じちょう》した。

みんなに平等に優しい彼が、そんなことするわけがない。

（……だって郷田くんは社内恋愛しない人だもの）

同じ職場にいる以上、彼に特別扱いされることはないのだ。

（でもきっと、同じ職場にいるとか、そんなの関係ないんだろうな……）

たとえ一夜を共にしても、彼の中で茉美が「違った」から特別になれなかった。

自分は選ばれなかった。それだけだ。

そう思うと、心がひゅっと寒くなる。

（……やっぱり私、郷田くんのことが好きなんだな……）

気になる男性で、ときめく男性──諦めようと決めたのに、一週間経ってもまだこんなふうにモヤモヤと考え続けているなんて、やはりこれは恋だ。

契約社員の園部と楽しげに話をしているのを見た時、嫉妬で胸が焦《こ》げつきそうになった。

園部が郷田の腰に手を触れた時、「やめて！」と叫《さけ》びたくなった。

自分以外の女性が彼に触れるのがイヤだなんて、心の狭い考え方だ。嫉妬なんて愚《おろ》かな人間がすることだとこれまで思ってきたけれど、まさか自分がそんな感情を抱く日が来るなんて。

（ダメダメ。何をナーバスになってるの！　今私がすべきことは、報われない恋を追いかけることじゃない！　目の前の仕事をこなすことよ！）

仕事だけは、裏切らない。これまで自分を正しく評価してもらえたものなのだから。

茉美はそう自分を鼓舞《こぶ》して、再びパソコンに向かったのだった。

第三章：郷田くんは心配性

郷田《ごうだ》は最近、ハラハラしている。

郷田武《たけし》という鉄の心臓を持つ男をハラハラさせる相手なんぞ、一人しかいない。

当然、静岡茉美《しずおかまみ》である。

郷田は今日中にしなくてはいけない仕事があって、早い時間に出社した。

リアル・プランニングの出社時間は十時と、一般的な会社よりは遅い時間に設定されている。社長が「その時間より早く来る必要はないぞ。来てもいいけど、残業代つかないからな～」と明言しているため、皆ギリギリの時間にしか出社しない。

だから午前八時という現在、誰もいないはずのオフィスに茉美の姿を見つけた郷田は、心配で堪《たま》らなくなった。

「茉美さん、何してるんですか？」

「あ、郷田くん。おはよう」

郷田が声をかけると、茉美はこちらを見てニコッと笑って挨拶《あいさつ》をしてきた。その小さな顔がいつも以上に白くて、郷田は眉根を寄せる。

もちろん、可愛い。茉美が可愛くない日なんて、郷田の中には存在しないのだが、それでもその顔色の悪さに胸がギュッと縮まった。

「……おはようございます。茉美さん、昨日京都《きょうと》に日帰りで出張行ったばかりなのに、こんなに早く出社しているなんて……」

「あー、昨日の報告書を作ってしまいたくって……」

あはは~と笑いながら言う茉美に、郷田はギュッと拳《こぶし》を握る。

彼女の笑顔に、いつもの弾《はじ》けるような輝きがない。

覇気《はき》がない、とも言えるだろうか。

そのことに彼女が気づいていないのがもどかしい。

「別に急ぎではないのでは？　今日はゆっくりしていた方が……」

郷田の言葉に、茉美は困ったように自分の頬を触った。

その頬が、少し痩《こ》けてしまっているのにも気づいていないのだろう。

「そうなんだけど……なんか、やらなきゃいけないことをやってしまわないとソワソワしちゃって、家にいても落ち着かないんだよね……」

「ちゃんとご飯食べていますか？」

郷田の質問に、茉美が「あ～」と曖昧《あいまい》な返事をする。

（これは食べてないな……）

郷田はため息をつきたくなった。

プロジェクトチーム発足から二週間経過したが、その間茉美はずっとピリピリしていた。社運をかけたプロジェクトなので、緊張しているのは分かるが、どうにも張り詰めすぎているように見える。

（食事をまともにできていないのがその証拠だ）

人は緊張状態では空腹を感じにくくなる。交感神経が刺激され続けるため、消化器の動きを司る副交感神経の働きが鈍るためだ。ストレスで食欲がなくなるメカニズムとよく似ているのだが、茉美は今体調を崩すほど仕事に没頭している状態ということだ。

（問題は、これに茉美さん本人が気づいてないということだよな……）

彼女が仕事を大切にしていることは知っている。

この会社が好きで、この仕事が好きで、一緒に働く仲間のことを大切にしているのは、普段彼女を見ていれば分かることだ。

そして彼女にとって、自分がしてきた仕事を評価されることが、自己評価の大部分を占めていることも。

（俺には、今、彼女の仕事の仕方を諌《いさ》める権利はない……）

彼女は今、職場で何かミスをしたわけではない。それどころか、プロジェクトチームは彼女の指揮の下、実に上手く動いている。

小《お》川《がわ》蝶十郎《ちょうじゅうろう》商店、本里《もとさと》ホールディングスと、主な企業からのプロジェクト協賛の同意を得て、プロジェクトはこれ以上はないというほど順調に進んでいる。

リアル・プランニングの経営陣のひとりとしては、これらを指揮したチームリーダーの茉美を褒《ほ》めることはあれ、注意することなど何もないのだ。

彼女の働きすぎを止めることができるのは、仕事以外の場所で彼女のそばにいることを許された者だけだ。

（……そしてそれは、俺じゃない……）

郷田は未だ彼女に告白すらできていない。

ナナトリーの案件が終わるまでは、彼女に要らぬ負担をかけるべきではないと判断したからだ。

（このコンペが終わるまでは、彼女のサポートに徹しよう）

そう心に決めていたのだ。

その誓い通り、郷田はプロジェクトチームを徹底的にサポートした。

彼らの動向を常にチェックし、喋《しゃべ》っている内容に聞き耳を立てた。行き詰まっている様子であれば差し入れを買って渡し、必要そうな資料を準備して手渡し、出張となればすぐさま宿や新幹線のチケットを手配した。

少しでも茉美の負担を減らしたくて努力してきたが、郷田の必死のサポートも虚《むな》しく、彼女の顔色はどんどん悪くなっていった。

（……これは、いつ倒れてもおかしくないな……）

茉美の青白い顔を見つめながら、郷田は考える。

彼女は、張り詰めた糸がキーンと音を立てそうな状態だ。プツンと切れれば、あっという間に崩れ落ちるだろう。

このままではまずい。

「茉美さん、今日は家に帰りましょう。一度ちゃんと食べて寝た方がいい。気づいていないかもしれないけど、顔色が悪いですよ」

郷田の忠告に、茉美は笑いながら首を横に振った。

「大丈夫だって。体調管理はできてます！　それと、顔色が悪いのは元々です！」

いろいろツッコミどころはあったが、郷田は口を閉じる。

ここまでは想定内だ。仕事のことに口を出されて素直に言うことを聞く人ではない。

「……茉美さん。俺と賭けをしてくれませんか」

郷田の言葉に、茉美が目を瞬《またた》いた。

「え？　賭け？」

「はい。俺は以前はあなたの部下でしたが、今はあなたの上司です。上司の権限で、あなたに休めと命令することもできますが、今はしません」

上司、命令、と言う単語に、茉美の下瞼《まぶた》がピクピクと反応する。

きっと腹立たしいと思っているのだろうが、この後の話を進めるために言わなくてはならないことだ。

「茉美さんが休まずにこのまま仕事をすると言うなら、俺はその意思を尊重します。あなたの仕事ぶりは評価するに値しますし、体調管理ができているというあなたの言葉を信じます。ですが……」

ここで言葉を区切り、郷田は上体を屈《かが》めてズイッと茉美の顔を覗《のぞ》き込んだ。

そのバンビのように大きな目をじっと見つめ、囁《ささや》きかけるように言った。

「もしあなたが倒れたり……あるいは発熱などの体調不良の兆《きざ》しが現れたりしたら、その時は俺の言う通りにしてもらいます」

つまり、最後通牒《つうちょう》だ。一度は許すが、二度目はない。

これで生活を改められないなら、彼女の生活を郷田の手に委ねてもらう。

視線を外すことを許さない郷田に、茉美が微《かす》かに喉を鳴らす。

しばらくの沈黙の後、茉美がコクリと首肯した。

「…………分かったわ」

「ありがとうございます」

了承の返事に、郷田はにっこりと微笑《ほほえ》んで身体を起こした。

茉美は不本意そうに押し黙ったままだったが、郷田は構わずに話しかける。

「ああ、良かったらこれをどうぞ」

そう言って鞄《かばん》の中からゼリー飲料を取り出した。茉美に渡す機会があるかもしれないと買っておいたものだ。

「忙しい時用に常備してるやつですけど、食欲がなくても飲めるので」

茉美のために用意した、と今言えばイヤミになりかねない。

あえて嘘《うそ》をついて茉美の手のひらの上に置くと、彼女から小さな声で礼の言葉が聞こえた。

「……ありがとう」

「どういたしまして」

あなたのためなら、なんだってする。

(――だからもっと俺を頼って。俺に委ねて。俺をあなたの懐《ふところ》に入れて)

欲望の声を笑顔に隠して、郷田は自分のデスクへと向かった。

＊＊＊

賭けの勝敗は、その翌日に決まった。

プロジェクトメンバーと会議をしている最中に、目の前が暗くなった。

おかしいなと思っているうちに身体の力が抜ける。

「きゃー！　茉美さん！」

渡嘉敷《とかしき》の甲高い声を最後に、茉美の視界は暗転した。


水の中から浮かび上がるように、意識が浮上する。

最初に見えたのは、精悍《せいかん》な輪郭だ。顎のラインがシャープで、男の人とは思えないほど肌理《きめ》の細かい皮膚。

　この顎を知っている。

　あの夢のような一夜、組み敷かれながら何度も仰ぎ見た輪郭だ。

（……あれ？　私、夢を見てる？）

　目覚めたはずなのに、視界がゆらゆらと揺れている。

　それに郷田の顎が見えるのもおかしい。

「……夢かぁ……」

　だとしたら、幸せな夢だ。郷田がそばにいてくれるなんて。

　ふにゃ、と笑って再び目を閉じた茉美は、聞こえてきた声に仰天した。

「茉美さん、気がつきましたか？」

　バチッと瞼を開くと、郷田の超絶美貌がこちらを見ている。

「えっ……？　え？　郷田くん、本物⁉」

「……偽物ではないですね」

「えっ、何⁉　わ、私、なんで郷田くんに運ばれているの⁉」

　状況を把握するためにあちこちに視線を巡らせて、自分が郷田にお姫様抱っこをされているることが分かった。

（え⁉　何⁉　お姫様抱っこ⁉　なんで⁉）

半分パニックを起こしてワタワタとしていると、郷田はふーっとため息をついた。

「あなたは会議中に倒れたんですよ。今から病院へ向かうためにタクシーを呼びました。俺はあなたに付き添って病院へ行くところです」

「あ……」

言われて、茉美の頭の中に暗転する直前の記憶が蘇《よみがえ》る。

（……そうだった、私……）

渡嘉敷の悲鳴が耳に残っている。きっとみんなに心配をかけてしまったのだろう。

（それもだし、結局郷田くんの言う通りになっちゃった……）

あんな上からの言い方だったけれど、郷田が自分のことを心配して忠告してくれたのは分かっていた。だからこそ、乗る必要のなかった賭けにも頷《うなず》いたのだ。

心配は、郷田が一番してくれていたのに。

「ご、ごめんなさい……、えっと、郷田くん……自分で歩けるから……」

申し訳なくて下りようとしたが、かえってしっかりと抱え直されてしまった。

「いいからそのままで運ばれてください。俺が心配なんです」

心配と言われてしまえば、茉美は口を噤《つぐ》むしかない。好きな人に心配されて、嬉《うれ》しくな

いわけがない。

はい、と小さく頷いて、広い胸にそっと頭をもたせかけた。

（……いいよね、だって、下ろしてもらえないんだもん……）

心の中で言い訳をして、茉美は郷田の腕の中を堪能することに決める。

好きな人にお姫様抱っこしてもらえるなんて、こんな機会はそうそうない。

ここぞとばかりに郷田の胸に頬を寄せると、ブラックティとアンバーの香りがした。

茉美の大好きな、郷田の香りだ。

（もうこの腕に抱かれる日は来ないと思ってた……）

そう思えば、倒れたのも悪くなかったのかもしれない、などと不届きなことを考えながら、茉美は郷田に抱えられたまま病院へと向かったのだった。


検査には丸一日を要した。

と言うのも、郷田が心配だからと全ての検査をするように言ったせいで、いろんな検査を受けることになり、ものすごく時間がかかってしまったのだ。

『過労ですね。十分な栄養と睡眠を摂って休養するように。あと少し貧血ぎみなので鉄剤を出しておきます。お大事に』

医者にそう言われ、解放された時にはもうすっかり日が暮れていた。

郷田と一緒にタクシーに乗り込みながら、茉美は慌てて謝る。

「ごめんね、郷田くん。一日中つき合わせてしまって……。あの、良かったら食事に行かない？　お礼にご馳走《ちそう》するから……」

もちろん純粋に感謝の気持ちで言ったが、ほんのちょっぴりもうちょっと一緒にいたいという邪《よこしま》な心もあった。

茉美の誘いに、郷田はチラリとこちらを一瞥《いちべつ》した後、また前を見て言った。

「いえ、今日はやめておきましょう。茉美さんは倒れたばかりですから」

「……あ、うん。そうだよね」

やっぱりかー、だよねー、と心の中でガッカリしつつも笑顔で頷くと、すぐに郷田が続ける。

「ご飯はうちで食べましょう。俺が作ります」

「……は、え⁉　う、うちって……」

「俺の家です。冷蔵庫にある材料で適当に作るので、パスタくらいしかできませんが」

「パ、パスタ大好きです！　よ⁉」

郷田のセリフに被せるように言うと、郷田はこちらをチラリと見て、フッと笑った。

「なら良かった」

（う、うえ～～～⁉　何～⁉　不意打ちすぎるんですけど⁉　今から郷田くんの家⁉　しかも郷田くんの手作りご飯⁉　そんなこと、いいの⁉）

まさかこんな展開になるなんて、と嬉しいやら驚くやらで半ばパニックになっていると、郷田が「その前に」と付け加える。

「茉美さんの家に寄ります。当座の着替えやメイク道具など、生活用品一式、スーツケースに入れて持ってきてください」

「はい……？」

言われていることの意味が分からず、ポカンとしてしまった。

なぜ郷田の家でご飯をご相伴になるのに、そんなものを用意しなくてはならないのだろう。

頭の中にクエスチョンマークをいっぱい浮かべている茉美に、郷田はにっこりと天使のような微笑みを浮かべて言った。

「今日から茉美さんには、俺の家で生活してもらいます」

「えっ⁉」

思わず大声で叫《さけ》んでしまった。何を言っているのだろう、この男は。

「む、無理無理無理！　他人の家で生活なんて、私できない！」

「茉美さん賭けを覚えてますよね？　負けたら俺の言うことを聞くって」

「そ、そうだけど！　無理だよ、一緒に暮らすなんて！」

ブンブンと首を横に振って拒絶をすると、郷田は自分の胸に手を当て、悲しげなため息をついた。

「茉美さんが心配でこのままでは俺の胃に穴が空きます」

「えっ、あの……」

「俺が胃潰瘍で倒れたら、泣いてくれますか？」

「い、いやだから……胃潰瘍になんて、ならないで……」

「なら、承諾してくれますね？」

「こ、これ、脅迫では⁉」

畳み掛けられて半泣きで抗議すると、郷田は鳩尾《みぞおち》を押さえて前屈みになる。

「うっ、胃が……」

「わ、分かった！　分かりました！」

好きな人に心配されている嬉しさと、その人と同居するなどという奇想天外な事態への狼狽《ろうばい》とで、茉美の脳内は完全に考えることを放棄した。

（ええい、ままよー！）

と返事をした途端、郷田はむくりと身体を起こす。

分かっていたけど、仮病か、このペテン師め。

「良かった。茉美さんの家に着いたら、俺も手伝いますね、荷造り」

「えっ⁉　い、いや、いいよ！　自分でできるし……」

見られたくない物もあるから、と断ると、郷田は残念そうにしながらも了承した。

「分かりました。じゃあ部屋の前で待っていますね。荷物、重いと思うので」

「いや、スーツケースに入れるから大丈夫……。二、三日分なら、そんなに重くならないでしょ」

郷田が心配しているのは、自分が倒れたからであって、数日彼の家で休めば安心して解放してくれるだろう。そう思って言った言葉に、郷田は怪訝《けげん》な顔になる。

「二、三日……？」

「え？」

それくらいしかいるつもりはありませんが、何か？　という意味を込めて訊き返すと、郷田は「ふむ」と唸《うな》った後、またニコリと食えない笑みを見せた。

「まぁいいです。また取りに来ればいい話ですし、足りないものがあれば買えばいいから」

「え、あの、二、三日だよ？　それ以上は無理だから！」

何を言っているのだ、こいつは！

（こ、恋人でもないのに、そんな長い間、一つ屋根の下で暮らすなんておかしいでしょ！）

念押ししようとする茉美に、郷田は窓の外を指さす。

「はいはい。ほら、茉美さん着きましたよ。荷造りしてきてください」

タクシーはいつの間にか茉美の住むマンションの前に停まっていた。運転手がドアを開いてくれたので、茉美は仕方なく車から降りて自分の部屋へ向かう。

鍵を開けて一人になり、郷田に言われた通り荷造りをしながら、だんだんと正気に戻ってきた。

「え～？　え～？　郷田くんと同棲……いや、同居⁉　そ、そんなこと、私に耐えられるの⁉　いやそれよりも、なぜこんなことに⁉」

頭を抱えながら悲鳴を上げるも、賭けに負けたのは自分で、約束は約束だ。

どうにかならないだろうかと考えたが、マンションの下で郷田は待っているし、タクシーのメーターはどんどん上がっていく。

「ええ～⁉　もう～！」

郷田はともかく、タクシーの運転手には迷惑をかけられない。

茉美は仕方なく、二、三日分の荷物を持って、郷田の待つタクシーへ再び戻ったのだった。

第四章：郷田くんはご満悦

郷田《ごうだ》は鼻歌を歌っていた。

ご機嫌である。上機嫌、いや特上、いやいや、極上機嫌である。

順風満帆《じゅんぷうまんぱん》。人生が薔薇《ばら》色とはまさに今の状態を言うのだろう。

鼻歌くらい歌いたくなるというものだ。

それもそのはず。

郷田は意中の女性、静岡茉美《しずおかまみ》を、自分の巣に引きずり込むことに成功したのだから！

（朝起きて茉美さんの顔を見て、会社で茉美さんを見て、家に帰っても茉美さんがいる生活！　天国か！）

茉美は今日も朝から可愛かった。

早朝のランニングの後、シャワーを浴びた郷田が脱衣所で身体を拭《ぬぐ》っていると、寝ぼけた顔の茉美が入ってきたのだ。茉美は一瞬ポカンとして郷田の頭から足まで眺《なが》め下ろすと、顔を真っ赤にして「ごめんなさいッ！」と叫《さけ》んでドアを閉めた。

郷田にしてみれば、腰にタオルを巻いていたし、なんなら彼女にだったら全裸を見られても構わない。そもそも一度全部見られているのに、今更だ。

だからドアの向こうの彼女にそう言ったら、「私が構うの！」と泣きそうな声で叫ばれた。

そういうものか。

着替えを済ませて脱衣所を出ると、茉美はドアから少し離れた所で立っていた。肌触りの良さそうなパイル地の部屋着はラベンダーカラーで、裾から覗《のぞ》く細い足首が愛らしい。齧《かじ》り付いてしまいたい。

茉美がなぜか片腕を上げて半分顔を隠すようにしているので首を傾《かし》げると、「う……、あんまり、見ないで、ください」と呻《うめ》くように言った。起き抜けの顔を見られるのが恥ずかしいらしい。

見せてくださいその顔……恥じらっている顔も死ぬほど可愛いので。

とはいえ本人が嫌がっていることを執拗にしては嫌われてしまう。

郷田は紳士ぶって洗面所を彼女に譲り、自分は朝食の支度に取り掛かった。

ちなみに、郷田はお料理男子である。料理が好きというよりは、自分が一番自分の好みに合った物を作れるから、結果自炊することが増えただけだ。

(自分の舌を最もよく知っているのは自分だからな)

そして郷田は調理という行動と非常に相性が良かった。

調理は科学だ。肉を焼くためにはタンパク質の性質を理解すればいい。どの温度で何分くらい焼けば自分の好みの焼き加減になるのかとか、肉を柔らかくするためには体液に近い浸透圧の液に漬け込めばいいなど、理解して分量や手順を守れば間違いなく美味い物が作れるのである。

理論的な思考が好きな郷田にとっては、全く苦のない家事だ。

今朝のメニューは、チョリソー、ゆで卵、スモークサーモンとカッテージチーズのサラダ、カリフラワーとパプリカのピクルス、オレンジピールのカンパーニュとコーヒーだ。

チョリソーは、茉美が辛《から》いものが好きだからだ。

郷田はランニングする習慣があるせいか、朝からしっかり食べる方なので、茉美にはちょっと重たいかもしれないと思い、ヨーグルトと葡萄《ぶどう》も添えておく。

ちょうどパンが焼けた頃に、顔を洗いメイクの済んだ茉美がリビングへやって来た。さっきのノーメイクの顔もどこかあどけなくてキュートさ満載だったが、色が乗って各パーツがハッキリと強調されたメイク後の顔もまた可愛らしい。

彼女はテーブルの上に並ぶ朝食を見るなり、目を輝かせた。

「えっ？　うそ、何これ、ホテルのビュッフェみたい……！」

「はは、そうですか？」

「これ、全部作ったの⁉　朝から⁉」

「いや、玉子とサラダとピクルスは作り置きだから、チョリソー焼いただけですよ」

「これ、味玉子だよね？　ほんのりお醤油《しょうゆ》色！　大好き！」

知っている。茉美は味玉子だけでなく、玉子料理全般好物なことは、調査済みだ。

「味玉子は玉子を買った時に、一パックまとめて茹でて作り置きしとくんです」

「すごい……！　私も今度作ってみようかな……」

「いいですね。作り方教えますよ。簡単なので」

そして俺に茉美さんの手作りの味玉子を食わせてください。

心の声はもちろん口にせず、郷田はコーヒーをカップに注いで茉美の前に置いた。

「どうぞ、召し上がれ」

朝から重いかと思ったが、茉美はいっぱい食べてくれた。

さすがに平らげるのは無理だったようだが、全ての料理を味わい、「美味しい、美味しい」と何度も褒《ほ》めてくれる。

（ああ……なんて幸せなんだ……）

郷田は料理が彼女の口の中に入り、咀嚼《そしゃく》され、飲み込まれていくのを、半ばうっとりと眺めた。自分の作った食べ物が栄養分となり、いずれ彼女の身体を構成するのかと思うと、ゾクゾクするほど嬉《うれ》しい。

（そうして茉美さんの細胞の全てが、俺の作った物で構成されたらいいのに……）

――独占欲なのか、支配欲なのか。自分でもまだ分析できていないが、この願望を口に出してはいけないことだけは分かる。他者が聞けばドン引きするだろう。

郷田自身、友人が言っていたら多分引く（おい）。

「ごちそうさまでした。すごく美味しかった！」

お腹いっぱい！　と自分のお腹を押さえながら言う茉美に、郷田はニコニコと頷《うなず》いた。

「おそまつさまです。良ければ毎日作りますよ」

毎日この家に帰って来て毎日俺のご飯を食べてください。

「郷田くん、お料理上手なんだね。昨日のパスタもびっくりするくらい美味しかったし！」

「嬉しいな。あんなもので良ければ毎日作りますよ」

「あんなものって！　お店で食べるやつみたいだったよ！」

「ははは、そんなこと言ったら、調子に乗って毎日作りますよ」

「……いや毎日作るって何回言うの……」

「責任持って毎日食べてくださいね」

「いやあの……」

欲望が先走って茉美に怪訝《けげん》な顔をされてしまったが、仕方ない。

茉美にはずっとここにいてもらいたいのだから。

（……二、三日、って言ってたしな）

この家に来る時、茉美はそう念を押していた。

他人の家に泊まるのは、そのくらいの期間が妥当だと考えるのが普通なのかもしれない。

だが郷田はもうちょっと、もうずっと、永遠に、彼女に自分の家にいてほしい。

（二、三日で帰るなんて……こんな幸福を俺に教えておいて捨てるなんて……！　残酷すぎます、俺の女神……！）

茉美が自分の家にいると思うだけで、満足感と多幸感で満たされる。

これを失うなんて耐えられない。どうしたらいいのか。この喪失感を二日後には味わわなくてはならないと思うと、絶望してしまう。

——同居一日目にしてこれである。

自分はなかなかやばい人間なのではないかと郷田自身感じているが、一応表に出していないのでセーフだろう。多分。

(こうなったら、茉美さんに俺の家に住みたいと思ってもらうしかない……それにはどうすればいいのだろうか……)

そんなことを悶々《もんもん》と考えながら歩いていると、オフィスのビルに着いた。

「一緒に出社すると、社内の人たちに怪しまれるから時間をずらしていこう！」

と、茉美は先に出て行ったので、すでに出社しているはずだ。

郷田としては怪しまれるどころか、同居していることがバレて、自分たちが付き合っているのだと皆が誤解するくらいがちょうどいいなと思っているのだが、茉美は違うらしい。

(……待てよ。これは使えるかも……。茉美さんが逃れられないくらい、外堀から埋めるのもアリなのでは？)

いっそわざと誤解させるように仕向けてみようか、と企んでいると、背後からするりと腕を組まれてギョッとなった。

「郷田さぁん、おはようございますぅ！」

腕に絡みついてきたのは、園部《そのべ》だった。当たり前のように郷田の腕にしがみつき、笑顔を向けてくる。

（なぜ許可もなく人の身体に触れてくるんだ、こいつ）

苛立ちと気色悪さに、郷田は問答無用で腕を振り解いた。

「キャン！」

園部はわざとらしい甲高い声で悲鳴を上げ、ヨロヨロとよろけてみせる。

郷田はもちろんそれを支えたりせず、冷たい目で園部を見下ろした。

「ヒドォイ、郷田さん！　女の子に乱暴です！」

「……いきなり人の腕を摑《つか》むのは非常識ですよ。セクシャルハラスメントで訴えられたくなければ、今後許可なく異性に触れるのはやめた方がいい」

郷田の冷淡な対応に、園部は目を丸くする。

「えっ？　えぇ～？　私、女子ですよぉ？　なのにセクハラとか、郷田さん何言っちゃってるんですかぁ？」

園部の言い分に、郷田の眼差《まなざ》しはさらに冷たくなった。

「性的嫌がらせは、男性から女性へのものだけだとでも？」

「は？　だ、だって……」

「男女雇用機会均等法では男性から女性、女性から男性、男性から男性、女性から女性と全ての場合で禁止されていますよ」

法律名でやり込めれば、園部はグッと唇を引き結ぶ。

郷田はふう、とため息をつくと、園部に触られた左腕をパンパンと払った。

「セクハラは、悪質な場合は刑法や迷惑防止条例で対応し刑事事件とされることもあります。要するに、犯罪者となりうる行為ということです。許可なく異性の腰に触れたり、腕を組んだりする行為は、性的嫌がらせに当たります。訴えられたくなければ、今後は節度ある行動を心がけてください」

平坦な声で忠告すると、園部は俯《うつむ》いてワナワナと肩を震わせていた。

（……今度は泣き真似《まね》でもする気か？）

相手をするのもうんざりして、郷田はその場を歩き去ろうとした。

「だって郷田さん、茉美さんをお姫様抱っこしたじゃないですか！」

ビルのエントランス中に響き渡るような声で叫ばれ、郷田は驚いて振り返る。

このビルにはリアル・プランニングの他にも複数の企業がテナントとして入っていて、出社時間帯である現在、それなりに人がいる。皆が驚いてこちらに注目するのが分かった。

人の目がある場所で大声を出すなんて、この女の社会人としての常識はどうなっているのだろうか。

郷田のイライラが募っていく。

「……彼女が倒れたから抱いて病院まで運んだだけです。それがどうかしたんですか？」

「だったら！　だったら、私だっていいじゃないですか！」

「は？」

意味が分からず首を傾げると、園部はキッとこちらを睨《にら》み上げてくる。

「だって茉美さんは企画部なのに！　別の部署じゃないですか！　私は郷田さんと同じ財務部で、仲間なのに！　茉美さんはお姫様抱っこしてもらえて、私は腕を組んだだけでセクハラなんて、おかしいじゃないですか！」

郷田は遠い目になった。

言っている意味が全く分からない。何を言っているんだこいつは。

自分の言っていることが理屈が通っているとでも思っているのだろうか。

(同じ財務部だからという理由で仲間意識を持つだと？　まともに仕事ができるようになってから言え、この給料泥棒が……！)

小さな会社だから、社長を除いて社員は約三十名。そもそも部署分けする意味があるのかというレベルの人数だ。

そしてこの園部は正社員ではないので、契約が切れたらそれで終了の社員だ。仕事ができないので、契約の更新はしないと社長にも伝えてある。そんな人物に妙な仲間意識を持たれても、という話である。

ハーッと長く深く息を吐《は》き出すと、郷田はゆっくりとした口調で言った。

「静岡さんは倒れましたよね？　倒れた人を運ぶのに、企画部だとか財務部だとか、関係ありますか？」

すると園部は当たり前のような顔をして主張する。

「郷田さんは財務部の人なんだから、もっと私のことを気にかけるべきです！」

こいつは本物だ。間違いなく、ちょっとおかしい人だ。

前職を離職するきっかけになった元彼女も、こんなふうに支離滅裂なことを言い出し始めて、どんどんおかしくなっていったのだ。

「……意味が分かりませんが」

こういう相手には、優しくしてはいけない。

郷田は低い声で言って、一歩下がると園部と距離を取った。

すると園部が下がった一歩を詰めるように前に出る。

「デートしてください！　そしたら納得します」

「何を納得するのか分からないし、あなたとデートはしたくないですね」

サイコパスか、こいつは。

片手を前に突き出して、これ以上近寄るなというジェスチャーをすれば、園部が眦《まなじり》を吊《つ》り上げた。

「なんでですか⁉　茉美さんはお姫様抱っこするのに、私とはデートできないんですか⁉　郷田さんは誰にでも平等な人なんでしょう⁉」

いい加減、この意味不明な戯言《たわごと》を聞いているのが辛《つら》くなってきた。

郷田と園部を避《さ》けるようにして、他の社の人たちがエレベーターへと歩いて行く。その中の一人が、ひどく気の毒そうにこちらを見ていた。

郷田は最後に深々とため息をつく。ため息しか出てこない。

（こいつには婉曲な物言いではダメだな……）

「誰にでも平等なわけないでしょう？　俺は大事な人を優先するし、それはあなたではない。失礼。仕事があるので。あなたもここへは仕事に来ているのでしょう？　もらった給料の分、ちゃんと仕事してくださいね」

「ひど……！」

郷田は言い捨てると、涙目になる園部を置いてその場を立ち去ったのだった。

＊＊＊

「……みさん。茉美さん！」

呼びかける声にハッとなって、茉美は慌てて姿勢を正した。

目の前には渡嘉敷《とかしき》と黒田《くろだ》の顔があって、心配そうにこちらを覗き込んでいる。

「ご、ごめん、何？　ボーッとしちゃってた……」

「色のサンプルが来たって話をしてたんですけど……大丈夫ですか？　今日くらい休んだ方がいいんじゃないです？」

「そうっすよ！　昨日倒れたばっかりなのに！」

「だ、大丈夫、検査ではなんともなかったし！」

ブンブンと手を振ったが、渡嘉敷も黒田も納得しなかった。

「イーヤ！　大丈夫な人はそもそも倒れませんって！」

「そうですよ！　茉美さんは働きすぎなんです。一日くらい休んだってバチは当たりませんから！」

二人が口々に心配の言葉をかけてくれるのが、申し訳ない
なにしろ、茉美は体調が悪くてボーッとしていたわけではないからだ。

(今朝見た郷田くんの裸を思い返してただけなんて……、言えないっ……！)

痴女《ちじょ》だと思われてしまいそうだ。

だがあの肉体美には目が吸い寄せられてしまうのは仕方ないと思う。かのミケランジェロが彫ったダビデ像のように、あるべき場所に欲しい形で存在する筋肉の集約――まさに完璧に美しい肉体なのだから。

朝、半分寝ぼけながら顔を洗おうとバスルームへ行くと、シャワーを浴びたばかりの郷田と鉢合わせしてしまったのだ。

脳がまともに働いていない状況でその美しい肉体を目の前にして、茉美はしばらく呆然としてしまった。

頭の中に「なんだこれ？　なんでこんなにすごい筋肉がここにあるの？」という疑問が浮かんだが、数十秒後ようやく状況を呑《の》み込めた。悲鳴のような声で謝りドアを閉めたが、あの美しい筋肉が目に焼き付いて離れないのだ。

（郷田くんの肉体は本当に眼福……いやいや、目の毒だよ……）

昨日、倒れてしまったことをきっかけに、半ば強引に郷田の家に泊まることになったが、ずっとドキドキさせられっぱなしだ。

郷田は本当に紳士で、物置にしていたという部屋を茉美用に開けてくれ、来客用だという簡易ベッドを出してくれた。なんでも、石川《いしかわ》県にいるご両親が時折遊びに来るそうで、その時用の寝具らしい。

「この物件も、本当は投資用に買ったものなんですけどね。両親が来るせいで、結局自分が使っているんです」

苦笑いして言っていたが、たまにしか来ない両親のために部屋と寝具を用意してあげられる三十代は、なかなかいない。都内の２ＬＤＫのマンションで、築年数も新しそうだ。

（投資用の物件を買えるって……この人、本当にすごい人なんだな……）

メガバンクの出世頭だったというのは伊達《だて》ではない。無論、メガバンクとはいえ銀行員の給料だけでこの物件を買うのは大変だろうから、おそらく投資などもしているのだろう。

（そんなにすごい人なのに、うさぎちゃんのエプロンつけてキッチンに立ったりするんだもん……）

そのエプロンはお母さんが持ち込んだらしく、なんとも懐かしい感じのうさぎのイラストがプリントされた可愛らしいものだった。それを大柄な彼が身につけている姿は、可愛いやらシュールやらで、茉美は悶《もだ》え死にそうになった。

（可愛すぎでしょ……郷田くん……っ！）

普段スーツでビシッとした姿しか見ていなかったから、家の中での気の抜けた姿にギャップ萌えしてしまった。

そんなカッコイイと可愛いのマリアージュな郷田は、料理の腕も抜群だった。晩御飯に食べた「適当に作りました」という茄子《なす》とベーコンのパスタは、ニンニクと黒胡椒《こしょう》が利いていて、お店で食べるパスタよりも美味しかった。黒オリーブの実とトマトとクレソンのサラダも絶品で、「お店できるよ、郷田くん!」と言ってしまったほどだ。

(今朝の朝ごはんも美味しかったよね……)

カッコイイと可愛いのマリアージュな郷田に、胃袋まで掴まれてしまって、無事に二日後に自分の家に帰れる気がしない。

あと数日彼の家に泊まることになっているが、心臓が持つだろうか。

(……本当に、麻薬のような人だわ、郷田くん……)

うっかりため息をついてしまった茉美は、また渡嘉敷と黒田に心配され、宥《なだ》めるのに苦労したのだった。

＊＊＊

退社時間となり、茉美はパソコンの電源を落とした。

ふーっと息を吐《は》いて、首をコキコキと鳴らしていると、黒田が「お疲れ様でしたー!」

と元気良く挨拶《あいさつ》をするのが聞こえた。黒田はいつも定刻退社だ。無駄な残業はしない主義で、実に今時の若者らしい。

（良いことだわ！）

残業しなくたって、ちゃんと仕事ができているのだから問題ないのだ。

「はい、お疲れ様」

笑って手を振ると、黒田はビシッとこちらに人差し指を向けてきた。

「茉美さんはちゃんと帰ってちゃんと食ってちゃんと寝てくださいよ！」

「ありがとう。でも人を指さしちゃダメよ」

「うっす！　お疲れっしたー！」

営業時にその仕草が出たら大変である。

分かっているのかいないのか、あまりに軽い返事に苦笑いしていると、渡嘉敷がため息をついた。

「あとでちゃんと叱《しか》っておきます」

「頼んだ〜」

渡嘉敷は黒田の指導者だったので、黒田が独り立ちした後も何かと世話を焼いてやっているのだ。

「でも、黒田が言ってましたけど、ちゃんと休んでくださいね？　明日は午後出社にされたら？　私、色の資料作っておきますよ？」

渡嘉敷も黒田も、今日は一日中心配してくれていた。仲間の優しさにジーンとしながら、茉美は微笑《ほほえ》んで頷《うなず》いた。

「ありがとう。じゃあ色の資料はお願いしようかな。午後出社にするかどうかは、また考えておくよ」

「分かりました。任せてください」

「渡嘉敷さんもお疲れ様！　気をつけて帰ってね」

「茉美さんも」

渡嘉敷が手を振って退社するのを見送って、茉美はやれやれと自分も立ち上がる。

「私も帰りますかぁ」

「お、御前《ごぜん》、帰るのか？」

不意に声をかけられて振り返ると、社長が入ってくるところだった。

「あ、社長、お疲れ様です。今戻りですか？」

社長は今日一日仕事で外に出ていて、姿を見ていなかった。てっきり今日は直帰するものと思っていたのだが。

「ああ、ちょっと気になることがあってな……。お前、体調大丈夫なのか？」

どうやら、昨日茉美が倒れたことを気にかけてくれていたらしい。

またじんわりと胸が温かくなって、茉美は片手を拳《こぶし》にしてガッツポーズをしてみせた。

「大丈夫です！　ほら！」

すると社長は困ったように片眉を上げた。

「またお前はそんなことばっか言って～。お前に倒れられたら困るから、ちゃんと休める時に休めよ」

「はい。ありがとうございます」

「郷田がめっちゃ心配してたぞ」

社長の口から郷田の名前が出てきて、一瞬ドキッとした。

（き、昨日、病院に付き添ってもらったしね……）

きっと郷田から社長に報告がいっているのだろう。

いくら社長と郷田が大学時代の友人だからといって、茉美が彼の部屋に泊まっていることまで喋《しゃべ》ったりしないはずだ。

「すみません、ご迷惑をおかけして……」

「いやぁ、俺は何もしてないから。……したら郷田が怖いしなぁ」

「え？」

後半のセリフがボソボソした声で聞き取れず訊き返すと、社長は「なんでもない」と言って肩を竦《すく》める。

「まあ、今更かもしれんが、明日は休めよ。有給全然使ってないだろう？　こういう時に消化しろよ」

社長にまでそんなことを言われて、茉美は手をブンブンと振った。

「えっ、いや、プロジェクト進んでる最中なのに、無理ですよ。私宛てに取引先からメールも来る予定だし、すぐに返事しないといけない場合もあるわけですし……」

「アー、そうなぁ。じゃあ、半休取れよ。午後出勤ならゆっくり寝れるだろ？」

「ああ……そう、ですね。午後出勤なら……」

先ほど渡嘉敷にも提案されたことだったので、茉美は苦笑しながら頷く。メールならオフィスに来なくても確認できるし、指示は電話でも送れるだろう。

「よし、明日は午後出勤な。はあ、もう、これで郷田に叱られないで済むわ」

社長が心底安堵したように言うので、茉美はギクっとなってしまった。

「えっ、あの、さっきから郷田、郷田って……彼、何か言ってたんですか？」

すると社長はキョトンとした顔になった。

「は？　お前ら付き合ってんじゃないの？」

「えッ⁉　ちがっ……！　ご、郷田くんの家に泊まってるのは、私の体調が良くなるまでってことですから！」

とんでもない勘違いに仰天して言い訳をすると、社長の目がまん丸に見開かれる。

「え？　同棲してんの？」

（し、しまった……！）

その反応で、自ら墓穴を掘ったことに気づき、茉美は咄嗟《とっさ》に口を手で覆《おお》って絶句した。

（やばッ！　わ、私、要らんことを言っちゃった……！）

「なんだよ、やっぱりなぁ！　お前が倒れた時、郷田すごかったのよ。血相変えたかと思ったらあっという間に走り出してお前の所に駆け寄って、ガバッと抱きかかえてさ」

お姫様抱っこの真似《まね》をしているのか、社長が両手を前に出すポーズをしてみせる。

茉美はもう顔が真っ赤だ。他人から見て自分たちがどんなふうだったかを語られるのは、こんなに恥ずかしいものなのか。

「いや〜、ドラマかなんかのワンシーンみたいだったわ〜」

「も、もうやめてください、社長……」

恥ずかしさのあまり半泣きになって訴えると、社長は声を立て笑った。

「あははは！　なんだよ、御前、そんな顔できるんだな！」

「どういう意味ですか！」

「まあまあ、御前も人間ってことだよ。郷田もね。俺、あんな顔した郷田初めて見たわ」

「……」

郷田と付き合いの長い人からそんなふうに言われ、茉美の心の中がじわりと期待に熱を孕《はら》む。

（郷田くんは、みんなに平等に優しい人だけど……私には特別って、思っていいのかな……？）

郷田の家に泊まれと言われた時から、本当はその期待が心の中に芽吹いていた。だが自《うぬ》惚《ぼ》れてはいけないとずっと蓋《ふた》をしてきたのだ。

（言ってもいいのかな？　郷田くんに、好きって……）

迷惑にならないだろうか。

以前、職場恋愛で痛い思いをした彼に、そんなことを言ってしまっていいのだろうか。

不安は言い出せばキリがない。

だが茉美の郷田への想いは、もう隠せないほど大きく膨《ふく》らみ始めている。

（言ってみよう。今夜、郷田くんに、好きって……）

それで振られたとしても、受け入れればいい話だ。

少しの間、会社では気まずいかもしれないけれど、こちらがおかしなことをしない限り、郷田は普通に接してくれるだろう。

覚悟を決めて、茉美は郷田の家へと向かった。

＊＊＊

コトコトと出汁の入った鍋が音を立てる。大根やにんじん、ごぼうに舞茸と、根菜のたっぷり入った巻繊汁《けんちんじる》だ。その隣にはふっくらと焚《た》かれた白米の入った土鍋が湯気を立てていて、グリルにはホタテとサーモンがこんがりと焼けている。後はキュウリの即席漬けと、アボカドとトマトの和え物が入った器がテーブルに置かれている。

今日のメニューは和食だ。

「昨日の夕食も今朝の朝食も洋風だったからな」

茉美が洋食も和食も両方とも好きなことは把握している。企画部にいた頃、一緒に出張に行ったことがあり、その時に言っていたから間違いない。

そしてホタテとサーモンは彼女の好物である。

溶けたバターをかけながらグリルしているから、ふっくらと焼き上がるはずだ。

時計を見れば、そろそろ彼女が帰って来る頃だ。

（……本当は会社から一緒に歩いて帰ってきたかったけれど……、あの頭のおかしい女がいるからな……）

郷田は今朝の園部の一件を思い出し、苦い顔になった。

何を勘違いしているのか知らないが、自分は郷田に特別扱いされるべきだと思い込んでいるらしい。

ああいうおかしな人間は、逆恨みで何をするか分からない。元彼女のことを思えば、茉美に危害を加えるかもしれない。会社でベタベタするのは良くないかと思い直したのだ。

（あの女の契約が切れるのが半年後か……面倒だな）

さっさと辞めさせる方法はないだろうかと、悪党のようなことを考えていると、ドアフォンが鳴った。

「茉美さんかな？　鍵を渡したのに」

この家の鍵は指紋認証とカードの両方で開けられるようになっている。茉美の指紋を登録すると言ったのだが、二、三日で帰るから必要ないと断られてしまったのだ。残念。

仕方ないのでカードの方を渡してあった。

モニターで確認すると、案の定茉美の可愛い顔が映っている。勝手に入って来ていいと言ってあるのに、遠慮するところが彼女らしい。

開錠ボタンを押して「おかえりなさい」と言うと、茉美がモニターに向かってヒラヒラと手を振るのが見えた。何それ可愛い。モニターに映る歪《ゆが》んだ姿でも可愛いなんて、この人は妖精か天使なのだろうか。

郷田は急速に浮き立つ気持ちのままに、彼女を迎えに玄関へ行く。

（ああ～～うちに茉美さんが帰ってくる！　なんて素晴らしいんだ！　もう絶対一生ここに帰って来てほしい！　俺の所以外帰らないでほしい！）

ドアがおそるおそるといった具合に開かれて、中を覗き込むようにして茉美が入ってくる。

「お、邪魔します……」

「おかえりなさい！」

ただいま、と言ってほしくて若干強めに発声すると、茉美は気圧されたように「ただいま」と返してくれた。嬉しい。

「あの、これ……」

靴を脱いでルームシューズに足を通すと、茉美が手にしていた紙袋を渡してきた。焙煎コーヒーで有名な老舗《しにせ》珈琲店のものだ。

「え、くれるんですか？」

「うん。……美味しいご飯のお礼」

受け取ると、ふわっとコーヒーのいい香りが漂ってくる。

「嬉しいな！　俺、コーヒー好きなので！」

パッと顔を輝かせると、茉美はため息を吐き出すように笑った。その笑い方が少しぎこちなく見えて、郷田は心の中で首を傾《かし》げる。緊張しているように見えるが、何故だろうか。

「……良かった。そうなんだろうなと思って、選んだの」

「え」

「だって、マシンじゃなくて手淹れだったし、ケトルもドリップ用のものだったから。こだわってるんだろうなって……」

少し照れくさそうに言う茉美を、郷田はしばらくじっと見つめてしまった。

彼女が郷田のキッチンの道具にまで注目してくれていたことに、ジーンと感動が込み上げる。茉美が自分のことを考えてくれたのだと思うだけで、どうしてこんなに幸せだと感じるのだろうか。

（俺のことを、もっと考えてください、茉美さん。俺のことをもっともっと考えて、俺で

いっぱいになってください）

「嬉しいです……大切にします……。飾っておこうかな……」

感動のままに紙袋を抱えてそう呟《つぶや》くと、茉美は慌てたように「いやいや」と手を振った。

「コーヒー豆だから！　賞味期限切れる前に飲まないと！」

「ああ、そうですね……。でも飲んでしまうなんてもったいないな、なんとかして取っておく方法はないか……？」

「郷田くん！　コーヒーは飲まないと意味がないよ！　しょ、食後に一緒に飲もうよ⁉」

「あ、そうですね。じゃあ食後に」

茉美のくれたプレゼントのコーヒーを茉美と一緒に味わうなんて、確かに素晴らしい提案だ、と思って頷くと、茉美がホッとしたように胸を撫《な》で下ろす。

リビングに戻れば、ドアを開けた瞬間、茉美が「わぁっ！」と歓声を上げた。

「いい匂い！　お魚？　の匂い⁉　私、大好き！」

「正解です。サーモンとホタテを焼いてみました」

「え、大好物です！」

知っていますとも。

郷田はにっこりと笑った。

茉美はうずうずとした表情でテーブルの上を覗き込み、並べられていたアボカドとトマトのサラダを見て目を輝やかせた。

「アボカドもある！　トマトと和えてあるの？　美味しそう！　私、アボカドも好きなんだ！」

新しい情報をありがとうございます。

「それは良かった。あとは巻織汁とサーモンなんかを並べるだけなので、茉美さんは手を洗って着替えてきてください」

「うわぁ……！　本当にありがとう、郷田くん……！　お腹ペッコペコだったの！」

お腹を押さえて腹ペコのジャスチャーをしながら喜ぶ茉美に、郷田は目を細める。

（ああ、その顔が見たかった）

とびきりの笑顔を見ることができて、郷田は内心ホッとした。

玄関ではどこか緊張した雰囲気《ふんいき》だったから少し心配だったのだが、食欲があるようなら大丈夫だろう。

「郷田くん、美味しい！　美味しいよ……！」

一口食べるごとに絶賛してくれるその可愛い顔を眺《なが》めながら、郷田は幸せを噛《か》み締める。

至福とはこのことか。

自分の作った料理をパクパクと気持ちよく食べてくれる茉美の姿を見ているだけで、感無量である。

「ごちそうさまでした！　すっごく美味しかったです！」

全ての料理を平らげた茉美が、満足そうに両手を合わせた。血糖値が上がったせいか、色白の頬に血色が出てきてほんのりと桃色に染まっている。可愛い。

「おそまつさまでした」

「おそまつなんかじゃないよ……。極上のご飯だったよ……あっ、郷田くん、片付けは私がやる！」

皿をシンクへ運ぼうとすると、茉美が慌てたように立ち上がった。

「いや、食洗機を使うので大丈夫ですよ」

「それだけでもやらせて！　こんなに美味しいご飯を作ってもらってるご恩を少しでも返さなくちゃ！」

ご恩、などという仰々《ぎょうぎょう》しい言葉に、思わずプッと噴《ふ》き出してしまう。

「ご恩だなんて。食事は自炊派なので、茉美さんがいなくても作りますから、一人分も二人分も手間は変わりません。そんな恩義、感じなくていいんですよ」

「いや、それでも私が食べさせてもらってるのは事実だから。あと、食費とか光熱費も払うから、ちゃんと教えてね！」

そんなもの要らない、と言いかけて、郷田はすんでのところで口を閉じた。

茉美の性格上、これを断るのは得策ではない。

(茉美さんはパートナーにも対等な関係を求める人だ)

どちらかが一方的に依存することは、おそらく彼女の流儀に反する。

郷田はにっこりと微笑んで首肯した。

「分かりました。後日、お願いすると思います」

すると茉美は嬉しそうに顔を綻《ほころ》ばせる。

「うん！　そうしてください！」

どうやら正解を選ぶことができたようだ。

どんな人間関係においても同じだが、相手を慮《おもんぱか》ることは相手を理解することと同義だ。

そして相手を理解しようという気持ちは、相手が自分にとってどれだけ大切かに比例する。

全ての人間を平等に扱うなんて、どんな聖人であっても無理だ。

元彼女の事件で、郷田は周囲の人間に対する己《おのれ》の影響力の強さを、嫌な意味で実感した。

これは事件が勃発した後知ったことだが、元彼女が郷田の同僚にあれほど嫉妬したのは、根拠がないことではなかった。

元彼女がストーカーした同僚の女性は、郷田のことが好きだったそうなのだ。その上、郷田とのありもしない関係を、ＳＮＳなどで仄《ほの》めかしていたらしい。元彼女はそれを見て、どんどんと精神をおかしくしていったのだ。

ちなみに、元彼女を擁護するつもりは一切ない。彼女のやったことは犯罪だし、罪は償《つぐな》わなければならない。郷田は「自分が同僚に気を持たせるような行動を取ったから」など

と反省するほど愚《おろ》かな思考回路をしていないのだ。

自分は全くもって潔白だった。

同僚を特別扱いしたこともなければ、仕事以外の場所で会ったこともない。電話やメールすら業務連絡以外したことがなかった。同僚から好意を寄せられていたなんて、正直想像すらしなかった。

だが聞き取り調査時にそう訴えると、元上司はせせら笑った。

『それは嘘《うそ》だろう、郷田。お前ほどの色男だ。女子はみんな隙あらばお前と寝てみたいって思ってる。お前は分かっていてそれを知らないふりをしてたんだろう？　さぞかし気持ちが良かっただろうなぁ』

クソ喰らえだ、と思った。

元上司の男尊女卑な考え方にも、自分へ向けられた妬《ねた》みと皮肉にも、そして勝手に自分

に寄せられる好意の全てに。

(俺がお前たちに好きになってくれと一度だって言ったか？　自分勝手に寄せてくる気色の悪い好意を喜んだことが、一度だってあったか？)

人の心は自由だ、と言われれば確かにそれも真理だ。

だが誰かを好きになることが自由ならば、それらをどう扱うかもこちらの自由だ。

自由を主張するならば、相手の自由も認めるべきだろう。

向けられた好意を大切にしなければならないと誰が決めた？

過去を振り返ってみれば、寄せられる好意というものが良いものだとは限らないのが、郷田の人生だった。

美貌で名高い母親に似た郷田の見た目は子どもの頃から良く、賢く逞《たくま》しい父親のおかげで勉強も運動も苦なくできた。その結果子どもの頃から寄って来る異性は数知れず、時には同性も寄ってきた。

『皆に優しくするのよ』

母親からはそう言われて育ったし、そうするのが当たり前だと思って生きてきたが、本当にそうだろうか。

幼稚園の時には自分を取り合って女の子たちが取っ組み合いの喧嘩《けんか》を始めたし、小学校の頃には変質者に二回も遭った。中学校の時にもらった手作りのお菓子には髪の毛が入っていたし、高校では他校の女子に隠し撮りされた動画がＳＮＳで拡散され、知らない女子に家にまで押しかけられたりした。

（考えてみるまでもなく、碌《ろく》でもない記憶しかない！）

——そして極めつけが、元カノ事件だ。

溜まりに溜まった不満が爆発するのも無理からぬことだ。

（俺は、誰のことも大切にはしない）

郷田はその時心に決めた。

好意を向けてくるのは勝手だ。だが向けてくるなら、踏み躙《にじ》られる覚悟で来い。

今の社長に「うちに来いよ」と誘われた時に、「女子社員に鬼になりますけどいいですか」と条件を出したところ、社長が「そりゃ困る。うちはアットホームが売りの会社だし、女子の方が多いんだよ。鬼じゃなくて普通にしててよ」と首を横に振ったのだ。

だが元カノ事件のことを話すと、社長はいたく同情して代案を出してきた。

それは、『郷田武《たけし》は皆に平等に優しく、公平な男』と社長が皆の前で声高に発することだった。いわば、プロパガンダだ。

『郷田は誰も特別扱いはしない。お前は郷田の特別ではない。勘違いはするな』

という刷り込みを社員にかけてもらったというわけだ。

今日、給料泥棒こと園部が言っていたのもそのことだ。

園部が契約社員で入ってきたのは最近だ。郷田がリアル・プランニングに転職したのは二年前で、社長がプロパガンダを言って回っていた時期とは重ならないはずだが、おそらく誰かから聞いたのだろう。

(それを逆手にとって、茉美さんと同じ扱いをしろだって？　お前と茉美さんが同じなわけないだろう)

今日の出来事を振り返り、郷田は腹立たしく脳内で園部を切り捨てる。

園部であろうと他の誰であろうと、同じだ。郷田にとって茉美だけが大切で、特別な存在。他の人間などどうでもいい。他の好意などどうでもいい。それらは全て郷田に不要なばかりか、害悪になるものでしかないのだから。

(茉美さんだけだ。俺にとって、善良で、有益で、幸福で、癒やしであるのは、茉美さんからの好意だけ)

彼女からの好意は感じている。好意を抱いてくれていなければ、自分に抱かれてくれなかったに違いないし、こうして家に来てくれたりはしないはずだ。

(少なくとも、俺のテリトリーに入ってもいいと思うほどには、信頼してもらえているの

だろう……が）

その信頼は、果たして喜んでいい類《たぐい》のものなのだろうか。

異性として見てもらえていないのだったら、早急《さっきゅう》に作戦を練らなくてはならない。

郷田は濯《すす》いだ食器を食洗機に入れ終わり、手を洗っている彼女の小さな背中を見つめながら思う。

（……なんとかして、茉美さんとの関係を前進させたい）

「一回ヤッただけの人」とか「仲の良い上司」ではなく、「恋人」へと昇格してもらいたい。

テーブルの上に両肘を立て、両手を口元で組んで「ぐぬぬぬ」と心の中で唸《うな》っていると、茉美がクスッと笑う声が聞こえてきた。

「ゲンド〇ポーズだ」

「え」

「難しい顔してるね、何か考え事？」

優しい声で訊かれて、郷田は先ほどまでの妙な気負いがホロホロと崩れていくのを感じた。好きな人に気にかけてもらえるだけで、どうしてこんなに嬉しいのか。

（……恋、なんだろうな、これが）

こちらを覗き込むようにしている茉美の顔を、少し唖然《あぜん》とした気持ちで眺めた。

思えば郷田はこれまでに、誰かから気にかけてもらいたいと思ったことがなかった。望まなくとも常に他者からの視線が纏《まと》わりつく人生だったせいもある。皆が自分の関心を、自分の心を欲しがって纏わりつくのが、煩《わずら》わしくて仕方なかった。

それは付き合ってきた恋人たちも例外じゃない。最初は互いに自立していて居心地が良いと思った関係も、相手が郷田の関心を過剰に欲しがるようになると、途端に冷めて別れる、を繰り返してきた。

思えば、あれらは恋なんかじゃなかった。

(俺は今まで、誰かに想われたいと思ったことがなかった。それは、恋をしていなかったからだ)

だが、茉美に対しては違う。

彼女には、想われたい。好意が欲しい。彼女の意識が、ずっと自分にだけ向いていればいいと思っているほどだ。

自分が茉美に恋していることは分かっていた。

だが、これが生まれて初めての恋だということに、郷田は今初めて自覚した。

不思議な感動だった。景色が色を失い、目の前に立っている茉美だけが色づいて見える。

郷田は彼女の小さな手を取ると、おもむろにその甲に口付けた。

「……っ⁉　え、ご、郷田くん⁉」

まさかキスされるとは思っていなかったようで、茉美が狼狽《うろた》えた声を出す。

オロオロと視線を泳がせる小さな顔を真っ直ぐに見つめて、郷田はハッキリと言った。

「茉美さん、好きです。愛しています」

「……っ」

茉美から「ヒュッ」と息を吞む音が聞こえた。泳いでいた視線はピタリと止まり、郷田の真剣な眼差しを見つめ返してくる。

白い顔は、熟《う》れたりんごのようになっていた。可愛い。

「あ、あの……」

「付き合ってください」

「ご、郷田くん……」

「俺をあなたの恋人にしてください」

「えっと、だから……」

「好きなんです。一生……いや、死んでも大切にします。だから、俺とけっこ……」

「郷田くんってば‼　ちょっと黙って！」

茉美が断るのではないかという恐怖から、彼女の言葉を遮《さえぎ》るようにお願いを続けていたら、とうとう小さな手で口を塞《ふさ》がれてしまった。

「むが……」

「あのね、私にもちゃんと喋らせて？」

微笑む茉美の顔には青筋が立っている。

（しまった。茉美さんは対等な関係を望む人だった……）

相手の意志をしっかりと尊重するけど、同じだけ自分の意志を尊重されることを望むのだ。ついうっかり自分の想いばかりを先行させてしまったことを反省しながら、郷田はシュンとして頷く。

すると茉美は郷田の口を塞いでいた手を離し、コホンと小さく咳払いをした。

「ええと……その、私も、郷田くんが、好きです」

「……ッ」

この瞬間の感情を、郷田はどう表現していいか分からなかった。

たとえて言うなら、空を飛んだ瞬間だろうか。

子どもの頃、父親と一緒にパラグライダーに挑戦したことがあった。山の上で風を正面から受け、パラグライダーの翼が膨らみ、足が大地を離れて浮遊するあの瞬間だ。

無敵感、と言えばいいだろうか。重力から解き放たれ、自由になった魂でどこにでも行けそうな気持ち——あの感覚に似ている。

目の前が発光して見えるくらいの歓喜が、身体中に溢れていた。

喜びに呆然とする郷田に、茉美は心配そうな表情になる。

「あの、郷田くん？　あれ？　起きてる？」

郷田があまりに微動だにしないので、茉美は郷田の目の前で手をヒラヒラと振ってみせた。その手首をガシッと摑むと、茉美が「ヒッ」と小さく悲鳴を上げる。

「ダメだ。無理だ」

郷田は譫言《うわごと》のように呟くと、茉美の黒目がちの瞳を凝視するようにして言った。

「ご、郷田くん……？」

「茉美さん、無理です」

「え、無理って……」

「無理です。これ以上我慢できません」

「が、我慢……？」

「抱きたいです。抱かせてください。もう無理です。茉美さんが好きすぎて無理です」

まるで念仏を唱える僧侶のように矢継ぎ早に言うと、茉美はあんぐりと口を開く。

「……ムードもへったくれもないな！」

「すみません！　次は頑張りますけど、今は無理です！　昨日から俺の家に茉美さんがいるのに手を出せないし、手を出せないのに茉美さん、部屋着とか無防備だしめちゃくちゃ可愛いし！　もうずっと我慢してたんです！」

分かってくれ！　と心の叫びを声にしてお願いすると、呆《あき》れた顔をしていた茉美が、弾《はじ》けるように笑い出した。

「ぷっ、あはははは！」

お腹を抱えて大笑いする茉美に、郷田はポカンとしてしまう。

「ま、茉美さん？」

「あはは！　もう、おかしい……！　郷田くん、いつもあんなにカッコイイくせに！」

「えっ……」

好きな人にカッコイイと言われて、郷田の心がまた無重力を経験する。

ふわふわとした気持ちのまま、郷田は笑っている茉美をそっと腕の中に抱き上げた。大人が子どもを抱き上げる体勢と同じだったが、身長差のある自分たちにはちょうどいい。

茉美はまだくすくすと笑い続けていたが、鼻を擦り合わせるようにすると、閉じていた目を開いた。目と目が合う。大きな瞳の中に自分が写っていて、郷田はうっとりとその歪《ゆが》んだ顔を眺める。自分の顔を今ほど美しいと思ったことはなかった。

「俺、カッコイイですか？」

訊ねると、茉美は目を細めて「ふふ」と吐息《といき》で笑った。

「カッコイイよ。皆、そう思ってる」

郷田は片眉を上げる。その回答は郷田が求めるものじゃない。

「皆はどうでもいいです。茉美さんが、思ってるかどうか。俺にとって重要なのはそれだけです」

（他は要らない。他の人間なんか、俺にはいないも同然なんだ。あなただけしか見えない）

茉美は郷田にとっての可視光線だ。彼女しか見えない。感知できない。

郷田の言葉に、茉美は一瞬目を丸くして、それからふにゃりと笑った。

「……カッコイイよ。私がこれまで会った誰より、カッコイイ。本当は、最初会った時から、ずっとカッコイイと思ってた」

最初会った時から、と言われて、またもや胸が歓喜に膨らむ。このままだと風船のように膨らんで、飛んでいってしまうかもしれない。

「俺もです。茉美さんを初めて見た時から、可愛いなって……俺のものにしたいって、ずっと思っていたんです」

正直に告白すると、茉美は少し剝《む》れた顔になった。

「え～……じゃあ、なんで『社内恋愛はしない』なんて言ったの……？　あれがなかったら……私だって……」

不満そうに唇を尖《とが》らせる様子が、泣きたくなるほど可愛い。なんなんだその可愛さは。

（でも、やっぱりその言葉が引っかかっていたんだな……）

郷田は心の中で過去の自分を蹴《け》り飛ばした。

「その、茉美さんに出会うまでは、本当にそう思っていたんです。社内で恋人を作って拗《こじ》れて、また転職余儀なくされたらシャレにならないですし……」

「ま、まあ、それは、そうだよね……」

元カノの件を知っている茉美は、気の毒そうに頷いた。

「俺自身、自分がこんなに恋愛ごとにハマるなんて思っていなくて……。前職での痛い経験があったから、茉美さんのことも何度も諦めようとしたんです」

郷田は語りながら、片手で茉美の頬に触れた。

夢のようだ。本当に、目の前に彼女がいて、自分の手を受け入れてくれている。

「……でも、できなかった。あなたは、諦められなかった。諦めたくなかった。きっとあなたは俺の初恋なんです。生まれて初めて、誰かを愛しいと、離したくないと思っている。俺は執念深いから、多分一生思い続ける。だから、俺のものになってください」

郷田はもう一度愛を告げる。

だが三十を過ぎた男から「あなたが初恋です」と言われれば気持ち悪いと思われかねない。言ってしまってから気づいたが、後悔は先に立たないから後悔である。

郷田の心配を他所に、茉美は幸せそうに笑ってくれた。

「うん。郷田くんのものになる。だから、郷田くんも、私のものになって」

郷田も微笑んだ。

心も身体も、蕩《とろ》けるような心地だった。

「喜んで」

(喜んで、この身も、心も、あなたに捧げます)

あなたを得られるなら、自分が差し出せる全てのものを差し出そう。

郷田は心の中でそう誓いながら、茉美の唇にキスをした。

＊＊＊

「んっ、う、ん……！」

激しいキスをされたまま、ダイニングテーブルの上に寝かされる。

まさかそんな場所に寝かされるとは思っていなかった茉美は、驚いて郷田の額に手をやって顔をもぎ離した。

「ご、郷田くん？　まさか、ここでするつもり？」

「待てません、すみません」

（う、嘘でしょう⁉）

と思ったが、即答する郷田の顔を見て、その言葉を呑み込んだ。

郷田の目はギラギラと底光りしていて、その表情は怖いくらいに真剣だった。こめかみに青筋が立っていてもおかしくない。

（に、肉食獣……！）

まさに獲物に食らいつかんとする獣《けもの》の顔だった。

対する茉美は、今まさに食べられようとしている草食獣といったところか。

テーブルの上で仰向けにされた茉美の顔の両脇に手をつき、覆い被さるようにして郷田が言った。

「すみません。先に食わせてください」

（食うって言った……！）

そうか、食われるのか、私は。

妙に納得して、茉美は覚悟を決める。

郷田に抱かれるのは二回目だ。だから彼がどれほど体力お化けかを知っている。

（前の時も、全身筋肉痛ですごかったもんな……）

特に腰と股関節がやばかった。だが郷田と付き合っていくなら慣れなくてはならないことだろう。

（私も、ジムに通おうかな……）

体力をつけなくては、ついていけなくなりそうだ。

そんなことを考えていたら、ジャッと部屋着のファスナーを下ろされた。

今日はもこもこの半袖パーカーに、ショートパンツの部屋着だった。夏なのでパーカーの下はカップ入りのキャミソールしか着ていない。

郷田はショートパンツから伸びた脚にそっと触れながら、じっとこちらを見下ろしてくる。

「……この部屋着……着ているのを見た瞬間、脱がせたくて堪《たま》りませんでした……」

「ヒエ」

茉美がこの部屋着に着替えたのは、帰宅後すぐだ。その時からそんなことを考えられていたとは……。

「ご、郷田くん、あんなに取り澄ました顔でご飯食べてたくせに……！」

きれいな顔で背筋を伸ばし、どこぞのお貴族様のような佇《たたず》まいで、美しい箸捌《はしさば》きを披露していた男の言葉とは思えない。

「我慢してました。あなたの前ではカッコイイ男でいたいから……」

呟くように言われた理由に、茉美は真っ赤になってしまう。

なんだその理由。嬉しすぎるんだが！

嬉しいを通り越して、どんな顔をしていいか分からない。

茉美は両手で自分の顔を覆った。

「うわ〜ん、郷田くん、そのギャップはやばいって……！」

普段めちゃくちゃ頼れるカッコイイ男なのに、自分の前でだけはこんなに可愛いとか、心臓を撃ち抜かれすぎてやばい。このままだとキュン死にしてしまう。

「ギャップですか？　茉美さん、手を退けてください。顔が見たい」

「え〜ん、今は見ちゃダメです！」

このキュン死に寸前の悶死顔《もんしがお》、見られてなるものか。

「そうですか……じゃあこっちを」

顔を覆った手の向こう側で、郷田の残念そうな声がしたかと思うと、太腿にキスをされた。感じやすい内腿への愛撫に、身体がピクンと反応する。

「茉美さん……この脚、俺の前以外で出さないで……」

言いながら、郷田は太腿の肉を味わうようハムハムと甘噛みをした。硬質な歯の感触が自分の肌に柔《やわ》らかく食い込む感覚に、ぞくんと腰に慄《おのの》きが走る。

「出さないでって……」

「誰にも見せたくない……こんな可愛い脚、見たら皆ふるいつきたくなるに決まってる……」

そんなことを思うのはあなただけです、と言いたかったが、脚を齧《かじ》りながらこちらをじっと見つめてくる郷田の目が、なんだかご主人さまの許しを待つ大型犬に見えてしまい、茉美は「くっ……」と唇を噛んだ。

だからそのギャップ、やめてください。弱いんで。

「い、いいよ……」

元々、ショートパンツなど、脚を出す格好は家でしかしない。必然、家族か郷田の前でしかしないだろう。

茉美の了承に、郷田はホッとした表情になって「良かった」とため息と共に吐《は》き出すと、脚への愛撫を再開する。

太腿を舐《な》めたり齧ったりしていた郷田の口が、だんだんと脚の付け根へと下り始めた。

やがてショートパンツの脇から指が入り込み、ショーツのクロッチの部分を撫でる。それだけでもう、下腹部が期待に熱くなった。

郷田の指は生地の上から入り口の形を確かめるように撫でていたが、やがてショーツを捩《よじ》るようにして中へ侵入してくる。

「んっ……！」

つぷり、と太い指が泥濘《ぬかるみ》の中に差し入れられ、その感覚に茉美の身体が強張《こわば》った。

自分の内側に何かが押し入る瞬間は、いつも緊張してしまう。多分、女性は侵入者に怯《おび》えるように遺伝子に組み込まれているのだ。

それでも女性の身体が解《ほぐ》れていくのは、相手への愛情と信頼ゆえなのだろう。

それを知ってか知らずか、郷田の指が宥めるように優しく膣内《ナカ》を掻き回す。快感を無理に引き出そうとするのではなく、茉美の身体が郷田に慣れるのを待ってくれているような、そんな動きだ。

「ん……郷田、くん……」

彼とキスがしたくて、茉美は両腕を開いて名前を呼んだ。

郷田はすぐに意図を理解してくれて、身体を折り曲げるようにして顔を寄せてくる。

その逞しい首に腕を巻き付け、茉美は自分から彼にキスをした。

舌を絡め合いながら、郷田の指がなおも茉美の内側を掻き回す。蜜襞をこそぐように動かされると、お腹の中がギュッと動いて彼の指を締め付けるのが分かった。身体が郷田の愛撫に反応し始めた証拠だ。

その動きは彼の指にも伝わったのだろう。郷田がフッと吐息で笑い、親指で陰核をそっと摩《さす》った。

「んんっ！」

いきなり一番敏感な肉粒に触れられて、茉美はキスをしたまま悲鳴を上げる。

それを皮切りに、優しく緩慢だった愛撫が一気に激しさを増した。

指が二本に増やされ、陰核を捏《こ》ねくり回される。

「んっ、むゥっ、んぁっ、あっ、あぁっ」

矢継ぎ早に与えられる快感に、奥からどぷりと愛液が溢れ出した。郷田の指が自分の内側で泳ぐように蠢《うごめ》いて、グチュグチュと粘《ねば》ついた水音を立てる。

柳腰がゆらゆらと物欲しげに揺れ始めた。

「ん、あっ、ご、うだ、くんっ……気持ちい……、気持ちいいっ」

至近距離で郷田の目を見つめてそう喘《あえ》ぐと、彼はうっとりとした眼差しで額を合わせてきた。

「はぁ、茉美さん……可愛い……そんなトロトロの顔して……」

恍惚《こうこつ》とした物言いとは裏腹に、郷田の指の動きは激しくなっていく。溢れた愛蜜でぬむ親指が、快楽に勃《た》ち上がり充血した陰核を容赦なく甚振《いたぶ》った。

「あっ、あっ、あっ、だめ、きちゃう！　きちゃう、ごうだくんっ」

一気に膨れ上がる愉悦の兆しに、茉美は郷田の首にしがみつき、四肢を戦慄《わなな》かせる。

「茉美さん、武、です。俺の名前、呼んでみて」

快感に麻痺した脳では何を言われているのか分からない。

今にも弾《はじ》けそうな火の玉のような愉悦を抱え、茉美がイヤイヤと首を振った。

「あんっ、あ、いく、いっちゃう……」

「武、ね、茉美さん、ほら、呼んでみて、その可愛い声で……」

「た、たけっ、たけし、いっちゃうっ……！」

縋《すが》りつくように叫んで、茉美は高みに駆け上がった。

身の内側で膨れ上がった愉悦の光の玉が炸裂し、全身が重力から解放されたように軽く

なった。だがそれは一瞬で、トンネルを抜けた瞬間のように眩《まぶ》しさが消え、やがて快楽の名残《なごり》が雪のように身体の上に降り積もる。

ゆっくりと筋肉を弛緩させていくと、ドッと身体の重みが戻ってきて、クタリと手足をテーブルの上に投げ出した。

「ああ……茉美さん、可愛い……可愛い……」

まるで譫言のように「可愛い」を繰り返し、郷田が真上から見下ろしてくる。

うっすらと瞼《まぶた》を開けると、瞳孔の開き切った郷田の瞳と目が合ってドキリとした。

「ご、うだくん……」

絶頂の余韻を引きずりながら名前を呼ぶと、郷田が不満そうに目を細める。

「違うでしょう？　茉美さん。さっき呼んでくれたみたいに呼んでください」

イかされる直前に彼の名前を呼んだことを思い出し、茉美は少し照れながらもおずおずと口にした。

「た、武、くん……」

名前を呼ぶと、郷田が花が綻ぶように笑った。

（う、うわ……！）

その艶《あで》やかな微笑みに、茉美の心臓がドクンと音を立てる。

男性の笑顔を見て、花のようだと思ったのは初めてだ。

それも、牡丹《ぼたん》か薔薇か……大輪の艶やかな花の王が咲き綻ぶ瞬間を見た気分だった。

本当に美しい人というのは、性別をも凌駕《りょうが》するものなのかもしれない。

「茉美さん！」

感極まったように名前を呼び、郷田が覆い被さってキスをしてくる。

それを素直に受け止めていると、ショートパンツをショーツごと引きずり下ろされた。

同時に郷田が自分の穿《は》いているデニムの前を寛《くつろ》げる音がして、ヒタリと熱い物が押し当てられるのを感じた。

そのまま挿入されるのでは、と慌てた茉美は、郷田の顔を押し戻すようにして唇を離した。

「郷田くん、避妊……！」

「分かってます。まだ挿《い》れません」

そう答える郷田の声は、興奮のせいなのか荒ぶっている。

ハーッ、ハーッ、と深い呼吸を繰り返しながら、郷田が上体を起こした。

そして茉美の両膝を抱えると、割れ目に沿って自身の肉棹を擦り付け始める。

「あっ、や、これ……っ！」

先ほどの愛撫と絶頂で茉美の蜜口は愛液が滴《したた》っていて、それが潤滑油となって郷田の腰の動きをスムーズにしていた。張り出した亀頭の部分で陰核を擦られ、茉美の身体にまた快感の電流が走る。

「あっ、あっ、う、ふ、ああっ！」

矢継ぎ早に繰り返されるピストン運動で、感じやすい肉粒を幾度も嬲《なぶ》られて、先ほど達したばかりの身体にまた熱が灯り始める。

「ああ、茉美さん、茉美さん……可愛い、その顔、可愛い……！」

快楽に蕩ける茉美の顔を、郷田がうっとりと見つめてくる。それが恥ずかしいのに、嬉しかった。

やがて郷田は茉美の膝を合わせるよう移動させた。そうすると茉美の太腿の間で郷田の剛直を挟み込むような体勢になり、郷田の腰の動きが加速する。

「あっ、あっ、ぁあっ、また……また、きちゃうぅ……！」

緩急をつけて陰核を攻められ続け、茉美はビクビクと身体を痙攣《けいれん》させながら呻《うめ》く。

先ほどイかされたばかりなのに、こんなにすぐまたイかされそうになるなんて、と頭のどこかで悔しがりながらも、お腹の奥の疼《うず》きは強くなるばかりだ。

「ああ、茉美さん、茉美さん、俺もっ……！」

郷田の唸《うな》り声と共に、太腿に打ち付けられる腰の速さと強さが増した。

「ひ、ぁっ、ぁああっ、あ――！」

「茉美さん！」

郷田が叫ぶのと、茉美の絶頂は同時だった。

身体をビクビクと痙攣させる茉美の平らな腹の上に、熱い射液がビュクビュクと吐き出される。勢いがありすぎて、一部はキャミソールの上にまで飛んできた。

白い液体が自分の身体と衣類を汚していく様子をぼんやりと見つめていると、郷田が腕を伸ばしてテーブルの隣にあるチェストの引き出しを開けていた。

ティッシュを取ろうとしているのだろうかと思っていた茉美は、彼が手にしているのが銀色の小さなパッケージだったので仰天する。

明らかに避妊具である。

「え……郷田くん……」

今出したばかりじゃないか、と言おうと視線を落とした茉美は、絶句してしまった。

郷田の逸物《いちもつ》は、未だ天を突く勢いで雄々《おお》しく勃《た》ち上がったままだったからだ。

とても一度果てたとは思えない、凶暴な姿だった。

「茉美さん、そういえば妊娠の件は？」

「え？　あ、まだ、生理は来てないけど……基礎体温からして、多分大丈夫、だったけど……」

「そうか……残念」

最後の方はボソッとした声だったので聞き取れなかったが、とりあえず今はそれどころではない。

「う、嘘《うそ》でしょ……？　なんでまだ勃ってるの……？」

思わず考えていることをそのまま口にすると、郷田が申し訳なさそうに謝ってきた。

「すみません。俺、一度で満足できることが少なくて」

「……え……」

今何かすごいことを言わなかったか、この男。

「茉美さんとは体格差も体力差もあるから、挿《い》れる前に一度出しておかないと、途中でへばらせちゃいそうで……」

困ったような笑顔で言いながら、郷田は手早く避妊具を装着する。ピンク色のコンドームを被った陰茎が、凶悪な角度で揺れていた。

「茉美さん」

「あ……うそ、本当に……？」

茉美が現実を直視できない間にも、郷田の手が両脚を割り開いて、蜜口に硬い切先がクチュりと音を立てて陣取った。

「行きますよ」

うっとりとするほど艶やかな囁《ささや》き声を合図に、ずぶりと最奥まで串刺しにされる。

「ヒァアッ！」

隘路をこじ開けるようにして貫かれ、痛みに似た快感に茉美は甲高い声で鳴いた。

好きな男に犯されて、蜜襞が歓喜に戦慄いているのが分かる。太く硬い雄の肉にみっちりと満たされる幸福に、身体中の細胞が沸き立っていた。

「ああ……茉美さんの膣内《ナカ》、あったかい……！」

郷田がため息のように言った。

その声がひどく幸福そうに聞こえて、茉美の胸がキュンとなる。自分の中で彼が快感を得ているのを、嬉しいと思うのはおかしいことだろうか。

「たけ、し……くん」

自分の気持ちと連動するように、蜜筒が彼をキュウキュウと歓待している。

郷田は一瞬息を呑んで切なげに目を細めると、茉美の膝を抱え直して呟《つぶや》いた。

「ああ、茉美さん、ごめんなさい、手加減、できないかも」

「え、あ――あっ、きゃあっ、ああっ、あっ、ぁあっ！」

言うなり、郷田は叩《たた》きつけるようにして腰を振り始める。

剛直が行き来するたび媚肉をこそがれ、ビリビリと焼けるような疼痛が身体の奥に走った。郷田は腰を振ったまま茉美のキャミソールを乱暴にたくし上げ、乳房を剝《む》き出しにするとそれを嬉しそうに眺める。

「ああ、可愛い、茉美さん、可愛い……！」

この男は可愛いしか言わないな、と頭のどこか違う場所で冷静に思っていると、両方の乳首を抓《つね》られて目の前に快楽の火花が散った。

「ヒァアッ！」

「ああ、乳首を弄《いじ》るとナカが締まる……これが好きなんですね。茉美さん」

郷田は夢見るように言って、指先で乳首を捻《ひね》ったり転がしたりして弄《もてあそ》ぶ。胸の先への強い刺激と、膣内《ナカ》を抉られる快感とで、茉美の身体はあっという間に愉悦の渦中へと引きずり込まれた。

ドチュドチュと卑猥《ひわい》な音を立てて、郷田の雄が隘路を往復する。一番太い根元まで押し込まれると、小さな蜜口はこれ以上はないというほどギチギチに広げられて、痛みを感じるほどだ。それなのに蜜路は中に入った彼を離したくないとばかりに絡みついているから、女の身体は不思議だ。

硬い亀頭で最奥――子宮の入り口を押し潰すように突かれると、重怠《だる》い快感が下腹部に溜まっていく。

これほどもみくちゃにされているのに、茉美の身体はもっともっとと郷田の雄を追い求めていた。

「あぁっ、た、けし……く、好き、もっと……ぁあっ！」

「茉美さん！」

乳房の形が変わるほど強く乳首を抓って、郷田が腰の動きをさらに加速させる。

「あ、あ、あぁ、ぃ、ぁっ、ああ！」

規則的なリズムで愉悦へと追い上げられ、頭の中が白く霞みがかっていった。

絶頂の兆しだ。

身体の芯が熱を孕《はら》み、小刻みにブルブルと痙攣し始める。

「あ、あ……」

膣内《ナカ》にいる郷田の質量が、ひと回り大きくなるのが分かった。

「茉美さんッ……！」

歯を食いしばったような呻き声で名を呼んで、郷田が自分の上に覆い被さってくる。

「──ああ……！」

ドクン、ドクン、と内側で郷田が弾けるのを感じながら、茉美もまた、三度目の絶頂に達したのだった。

第五章：郷田くんは画策する

郷田《ごうだ》の肉体美は、週に二回のジム通いと毎日のロードワークで維持しているらしい。

（高校生の時はバスケ部でポイントガードだったって言ってたし……多分、若い頃から鍛えてきたから、体幹の筋肉量が違うんだろうな……）

茉美《まみ》はあまり運動とは縁のない人生だったから、純粋にすごいなと思う。

（しかしあの高身長でポイントガードなんて……もったいない）

バスケにおいて高身長な選手は、ゴール下に配置されるパワーフォワードやセンターといった役割を担うことが多い。これに対してポイントガードはバックコートからのボール運びや、攻守でフォーメーションの指示を出し、パスの配給役などを担う。つまり身長はそこまで必要とされていない役割なのだ。

（まあ、でも郷田くんが司令塔っていうのは納得……）

彼の頭の良さは、一緒に仕事をしてすぐに分かった。一度で仕事を覚えるだけでなく、教えたことを応用して実践できる回転力とフットワークの軽妙さが別格だった。

さらには彼が持っている知識量が尋常ではないレベルで多く、質問に答えが返って来なかったことがない。黒田《くろだ》がこっそりと某有名検索エンジンをもじって「郷グル先生」と呼んでいたくらいだ。

そんな郷田だから、高校生の時から別格だっただろうことは容易に想像がつく。

ポイントガードも、郷田以上に司令塔の役割を担える人が他にいなかったのだろう。

ちなみに茉美はスポーツはあまり得意ではないが観るのは好きで、子どもの頃よく両親とプロバスケの試合を観に行った。

（郷田くんのバスケしてるところ、見てみたかったなぁ……）

きっとめちゃくちゃカッコイイのだろうな、と想像していると、ケトルが湯気を立てて沸騰した。

「おっと」

茉美は慌てて妄想から現実に戻ると、コーヒーのドリッパーをサーバの上にセットした。

（郷田くんが手淹れ派だなんて……なんだか嬉《うれ》しいな）

最近は面倒がないマシン派が増えているが、茉美は昔ながらの手淹れのコーヒーが好きなのだ。子どもの頃、初めて淹れたコーヒーを両親に褒《ほ》められてから、コーヒーを淹れるのは茉美の仕事だった。子どもながらに淹れ方を研究し、今ではなかなかの腕前になったという自負がある。

やや粗挽《あらび》きに挽《ひ》いた豆をセットして、お湯を注いでいくと、コーヒーの芳香が漂い始める。

「ん〜、いい匂い……」

今淹れているのは茉美が買ってきた豆だが、思った通り良い香りだった。

（これは郷田くんも喜んでくれそう）

彼に美味しいコーヒーを飲んでほしくて丁寧にドリップしていると、リビングのドアが開いて郷田が入ってきた。

「ああ、いい匂いだ。茉美さん、コーヒーを淹れてくれたんですか！　ありがとう！」

ニコニコと近づいてくる彼を振り返って、茉美はギョッとなった。

郷田は濡《ぬ》れた髪をバスタオルで拭《ふ》きながらの登場だ。スエットのパンツの他は何も身につけていない。

彼は朝のルーティンであるロードワークを終えてシャワーを浴びていたのだ。

「ご、郷田くん！　裸！」

「え？」

茉美は慌ててパッと目を逸《そ》らしてしまったが、眼裏《まなうら》にはあのダビデ像のような肉体美がくっきりと焼き付いている。

(あ、朝から刺激が強いんだよ～！)

この肉体美を見ると、彼とのセックスを思い出してしまうのだ。

朝から悶々《もんもん》とすることになるから、フェロモンの過剰放出はやめていただきたい。

郷田はキョトンした顔の後、自分が上半身裸だということに気がついたらしい。

「あ、すみません。シャワーを浴びたてはどうしても暑くて……」

「そ、そうなの……」

暑いのは分かるが、フェロモンが過剰に空気中に散布されるから(以下略)。

「いつもは全裸なんで……一応、下だけは穿《は》いてきたんですけど」

「ぜ、全裸はマズいでしょ！」

全裸の郷田が頭の中に現れて、茉美は思わず真っ赤になって叫《さけ》んでしまう。

これに郷田はまたキョトンとした。

「え、そんなにマズいですか？」

「目のやり場に困るじゃない！　上半身だけでもドキドキしちゃうのに！」

ついうっかり心の声が漏《も》れ出てしまい、ハッとなって慌てて自分の口を塞《ふさ》ぐ。

だが時すでに遅し。

郷田が目を丸くしてこちらを見た後、にいっと悪そうな顔になった。

「ドキドキしちゃうんですか？」

「うっ……そんなの、当たり前でしょ！　郷田くんの肉体美は目の毒なんだから！」

やぶれかぶれになって言うと、郷田はクツクツと喉の奥を転がすように笑う。

そしてシンクの前に立っていた茉美の背後にピッタリと貼り付くと、囲い込むようにしてシンクに腕をついた。

背中に彼の身体の熱を感じて、茉美の方まで熱《ほて》ってきてしまう。

「ちょ！　危ない！　コーヒー！」

コーヒーを理由に「離れて」と言おうとしたら、ケトルを奪われてクスッと笑われた。

「もう淹れ終わってる」

「う……」

ケトルの中が空《から》だとバレて、茉美は困って視線を泳がせる。

「俺の身体、好きですか？　嬉しいな……」

「やっ、そ、そんな！」

そんなふうに言われたら、まるで自分が痴女《ちじょ》のようではないか。

否定しようとすると、郷田がしょんぼりと眉を下げた。

（うっ、美形のしょんぼり顔……！）

その顔は反則だ。

「嫌いですか……？」

「嫌いなわけない！　好きに決まってるじゃない！　最高よ！」

脊椎反射で否定すると、郷田がフハッと噴《ふ》き出した。

「嬉しいな。俺も、茉美さんの身体、好きです。身体だけじゃない。あなたは全部、最高……」

いい声で際どい内容で褒《ほ》め殺しをされて、茉美は頭の中が沸騰しそうだ。

背中に感じる郷田の高めの体温、シャンプーのいい匂い、そして鼓膜に直に吹き込まれているような低音の美声と、朝からどんな試練なんだろうか、これは。

己《おのれ》の煩悩と戦う茉美の顔は、茹《ゆ》でタコのように真っ赤だ。

そんな彼女の顎を摑《つか》むと、郷田が囁《ささや》く。

「茉美さん、こっち向いて」

「イヤです」

「こっち向いてください。キスしたい」

「だめデス」

もはや茉美の返答はカタコトだ。ロボットのように端的に答えるだけで、顔を動かさない茉美に焦《じ》れたのか、郷田は彼女の腰に手をかけてヒョイと抱き上げてしまった。

「きゃあっ！」

「やっとこっち見た」

「もう、郷田くん！」

唐突ないたずらを叱《しか》ってみせるが、郷田はニコニコするばかりで全く堪《こた》えた様子はない。

それどころか、キスをしようと顔を寄せてくる。

（もう！　本当に、どうしてやろうかしら⁉）

ここは一つガツンと言うべきだろうかと思ったが、期待に目を輝かせる彼の顔を見て、すぐにそんな気は失せてしまう。

（ほんと、ズルいんだから……）

郷田はきっと、茉美が彼の笑顔に弱いことを知っている。

ため息をついて、目を閉じてキスを受け入れた。

なんだかんだ言って、結局惚《ほ》れた弱みなのである。

郷田と両思いになって、茉美がまず対峙しなくてはならなかったのは、郷田の家にいつまで滞在するかという問題だった。

茉美は二、三日で自分の家に帰るつもりだったのだが、郷田がイヤだとゴネまくったのだ。

「そうは言うけど郷田くん」

「武《たけし》です」

両思いになって以来、郷田は二人きりの時は名前で呼ばないと訂正を入れてくる。正直ちょっと面倒臭い。

「……武くん。私たち、お付き合いを初めてまだ一ヶ月にもならないのに、いきなり同棲って気が早いと思うの。それに、私は正直、一人の時間を確保しないと、ストレスが溜まっちゃうタイプだし……」

茉美の意見に、郷田はすかさず折衷案を繰り出してくる。

「今使ってもらってる部屋を茉美さんの部屋にします。あなたの部屋には、許可がない限り入りません」

なんだと、と茉美は少し心がグラつく。

別に郷田と住むことが嫌なわけではない。自分の空間がないとストレスが溜まるが、郷田のご飯は美味しいし、一坪サイズのお風呂は脚を伸ばしてお湯に浸かれるし、茉美の家よりも二駅も会社に近い。

何より、好きな人と一緒にいられるのはやはり嬉しいという乙女心も、ないわけではないのだ。

（……で、でもダメよ！　なんだか私、郷田くんに甘やかされて、それが当たり前になってしまいそうなんだもん……！）

茉美は自立している自分が好きだ。誰かに依存している状態では、本当の意味で自分の人生を歩んでいるとは思えないからだ。

実は茉美の父親は、日本とアメリカの経済界で、それなりに知名度のある人物なのだ。

茉美の両親はアメリカに住んでいて、永住権を獲得している。父はアメリカで起業して成功を収めたビリオネラと呼ばれる人だったりするのだ。

茉美自身も中学校からアメリカへ移住し、アメリカの大学を出て、一度はアメリカの企業に就職もした。

だが就職先の社長も父の顔見知りで、「静岡《しずおか》さんのお嬢さん」として扱われた。茉美への評価には「父の娘」であることがついて回る。茉美がいくら努力して成し遂げた仕事にも、「父の娘だから」という評価が混ざり込んでくるのが嫌だった。

(思えば、私は自分で何かを決めたことがなかった)

父の仕事の都合でアメリカに連れて行かれ、交友関係も学校も、父の都合で決定されたようなものだった。

(こんな人生、いやだ。私は、私の足で人生を歩みたい)

そうするためには、父からの影響力の及ばない場所へ行く必要があった。

だから茉美はそれまで勤めていた会社を辞め、父にバレる前にトランクに当座の生活用品を詰め込んで、東京《とうきょう》行きの飛行機に飛び乗った。父にバレたら、次の日には父の知り合いの別の会社に就職させられていただろう。

だが職に就いていない状況で、東京での住居探しは難儀したし、職探しも正直なところ楽ではなかった。そんな中で新規事業立ち上げでスタッフを募集していたのが、リアル・プランニングだったのだ。

どうやら父は、強硬手段に出た娘を、そのまま見守ることにしたらしい。

成人を過ぎた娘への過干渉は、アメリカでもあまり好まれない風潮があるから、父と親しい誰かに助言されたのかもしれない。

ともあれ、茉美にとってはありがたいことだった。

そうやってようやく父の影響力から逃れた以上は、父を頼らないと心に決めていた。だから茉美にとって自立とは信条であり、自分の矜持《きょうじ》でもあるのだ。

（……だから、ダメ。郷田くんに依存しちゃいけないの）

それに郷田にとっても、茉美からの依存は煩《わずら》わしいもののはずだ。

元カノの一件で前職を退職せざるを得なくなった彼にとって、恋人からの依存は恐怖でしかないだろう。きっと次の恋人に茉美を選んだのも、茉美が依存しないタイプだと思ったからなのではないだろうか。

（郷田くんとは、お互いに自立した関係でいなくちゃ）

だから、このまま同棲を続けるのは危険なのだ。

「そ、それは、ありがたいけれど……でも、このままずっと住むのは無理だよ」

茉美が断る姿勢を崩さないと、郷田はしばらく沈黙した。

瞬《まばた》きもせずこちらを凝視してくるのは、何かを考える時の彼の癖なのだろうか。

「じゃあ、ひとまず、ナナトリーのプロジェクトが終わるまではどうですか？　元々この同居は茉美さんの体調が心配で始めたことですし、プロジェクトが片付けば、今みたいな忙しさではなくなるだろうから、俺も安心です」

「……まあ、それなら……」

具体的な期限を設けられたことで、茉美は譲歩する気にさせられた。

彼と一緒に暮らすのを拒むのは、自戒《じかい》のためであり、彼と一緒にいるのが嫌だからではない。むしろ、もう少し一緒にいたいなと思ってさえいる。

（プロジェクトが終わるまで、なら……）

ナナトリーのコンペは三週間後、それくらいの期間、一緒に暮らすなら大丈夫だろう。

（だって、恋人同士、だもんね……）

心の中でそう呟《つぶや》いて、茉美はじんわりと顔が熱くなってきてしまった。

本当にあの郷田武と恋人になったのだ、という実感が込み上げて、胸がドキドキと早鐘を打つ。

高校生の時みたいにキャーキャーと叫び出したい気分だ。

けれどそんな浮かれた自分を、茉美は心の中で抑えつけ、コホンと咳払いをした。

「ええと、じゃあ、プロジェクト終了まで、どうぞよろしくお願いします」

郷田に向かってペコリと頭を下げると、彼からは満面の笑みが返ってくる。

「喜んで！」

その居酒屋の店員のような返事に噴《ふ》き出してしまいながら、茉美はあと少し続くこの同棲生活を満喫しようと心に決めた。

＊＊＊

今日も今日とて茉美が可愛い。

郷田は焼きたてのオムレツを頬張る茉美の顔を眺《なが》めながら、幸せを嚙《か》み締めていた。

「えーん、美味しすぎていくらでも食べちゃう……怖い！」

（俺はあなたのその顔で白飯三杯いけます）

ちなみに今日の朝食は、クロワッサンにオムレツ、キノコのマリネに、生ハムとカマンベール、トマトジュースにオレンジである。

トマトジュースは有機野菜を作っている農家が作っている、太陽の下で完熟させたトマトのみを使ったもので、驚くほど甘く、郷田のお気に入りだ。茉美も気に入ってくれたようで、おかわりまでしてくれた。

「いっぱい食べてくれて嬉しいです」

ニコニコしながら言うと、茉美はちょっと困ったようにお腹を押さえる。

「うっ、けど、太っちゃう……」

女性らしくそんなことを気にする茉美に、郷田は少し眉根を寄せた。

「うーん……。外見に関して、俺はその人が好きな姿であればいいという主義ですが、茉美さんはもう少し太ってもいいのでは？」

「えっ」

郷田がそんなことを言うとは思わなかったのだろう。茉美は目を丸くしている。

「だって最近、痩《や》せましたよね？　ナナトリーのプロジェクトが始まってから」

「……うっ」

指摘すれば、いたずらのバレた子どものように呻《うめ》いて視線を外した。

「まあ、そのために一緒に暮らしてもらっているわけですし！　食生活は俺に任せてください。きっちりと管理してあげます！」

「ありがとうございます……！　頭が上がりません……！」

へへ～っと時代劇のような大袈裟《おおげさ》な仕草で頭を下げる茉美に、郷田はますますニコニコしてしまう。彼女が自分の料理を食べることを苦にしていなくて嬉しい。

（このまま餌付《えづ》け……いや、胃袋を摑《つか》んで、同棲を続行……そして結婚へなるべく最短で持ち込みたい……！）

郷田は結婚が恋愛の終着点だとは思っていないが、合法的に彼女と自分を切れない縁で結びつけられる方法としては、悪くないと考えている。

結婚さえしてしまえば、たとえば茉美に悪い虫が集《たか》ったとしても、それを駆除する正当な資格を有することになるわけだ。悪くない。実に、悪くない。

郷田はできればすぐにでもその資格が欲しい。

だからまず、胃袋をがっちりと摑もうと思っていた。郷田の作った食べ物以外受けつけなくなるほどにしてしまえば、一緒に住むのが一番合理的だと茉美も納得してくれるだろう。

「茉美さん、良かったら、これも」

そう言って差し出したのは、ランチボックスに入ったお手製のサンドイッチだ。中には黒胡椒《こしょう》を利かせたマヨネーズソースで和えたエビとアボカドがたっぷりと挟んである。

「えっ⁉　何これ⁉　美味しそう！」

そうだろうとも。エビもアボカドも彼女の好物だ。

「お昼にどうぞ。今日も忙しくなりそうですから、食べ逃さないように」

「ええ～……神？　神なの……？　郷田くん……」

「武です」

「武くん……」

すかさず訂正すると、茉美が「なかなか慣れないね、ごめん」と苦笑いをした。

そんな彼女が可愛くて、郷田はつい絆《ほだ》されてしまう。

「まあ、慣れないなら名字呼びのままでも」

「ごめん……武くん、慣れるように頑張るね」

（まあ、結婚するまでに慣れてくれればいいか……）

結婚すれば彼女も『郷田』になる、と思ったところで、自分が『静岡《しずおか》』になる可能性もあるのだと思い直す。

（静岡武……うん、なかなかいいじゃないか。静岡武……）

なんなら今から静岡くんと呼んでもらってもいい気がするが、それが先走りすぎな考えであることは、さすがの郷田でも分かる。口に出すのはやめておこう。

（だが、今がその時じゃないだけだ）

いつか……そう、近い将来に、必ず……！

「ありがとう、武くん。大事に食べるね！」

はち切れんばかりの笑顔でお礼を言う茉美に、郷田は自分たちの未来を確信していた。

＊＊＊

十三時、少し遅くなったがランチタイムだ。

茉美はやれやれと首を揉《も》みながらも、心の中ではウキウキしていた。

なにしろ、今日は郷田のお手製サンドイッチがあるのだ。

（ああ、郷田くんのご飯をお昼にまで食べられるなんて……！）

幸せとはこのことだろう。郷田の作る料理は本当に美味しいのだ。

一緒に暮らす前から、彼が自炊派であることは知っていた。

社長に「自炊男子とか、お前意識高いよな」と言われ、「それ褒め言葉じゃないですよ。モラハラです」とすげなく返していたのが面白くて、印象に強く残っている。社長はしょんぼりとしていたが、郷田の言う通りなので誰も慰《なぐさ》めなかった。

（……ああ、でもこんなふうに甘やかされて、私、自分がダメになってしまいそうで怖い……）

郷田がこんなに尽くしてくれるタイプだとは思っていなかった。

冷静沈着でいつも微笑を浮かべている郷田は、逆にひどく冷淡に見えることもある。そんな彼だから、恋愛にも淡白なのだろうと想像していたのだ。

だが蓋《ふた》を開けてみると、淡白どころか、こちらが狼狽《うろた》えるほど情熱的だ。

（……情熱的って言うのかな？　まあ、ベッドでは、すごく情熱的、だよね……）

夜の彼のことを頭に思い浮かべかけ、茉美は慌ててその像を振り払った。ここは会社だ。公的な場所で思い浮かべるようなことではない。

（郷田くんにしてもらってばかりで、私も何か返さなくちゃ……）

そう思うのは、彼への感謝の気持ちが半分、自分への叱咤《しった》が半分だ。

甲斐甲斐しく茉美の世話をしたがる彼に、されるがままになっているが、実のところ茉美はとても戸惑っている。

これまで自分でやっていたことを、誰かにやってもらうことに慣れないのだ。

（……とはいえ、郷田くんは私を心配してやってくれているんだから、変に文句も言いたくないしな……）

そもそも一緒に暮らすことになったのも、茉美が倒れてしまったのが原因だ。

これ以上の心配をかけないため、と言われてしまえば、彼の親切を拒むことなどできっこないのである。

（となれば、やっぱりしてもらったことと同じくらい、何か返すべきなんだけど……）

何を返せばいいのやら、と悩みながらランチボックスを取り出した茉美に、目敏い渡嘉《とか》敷《しき》がすぐに気づいた。

「あれっ、茉美さん珍しい！　お弁当ですか？　偉い！」

「あは、まあね……」

自分が作ったとは言えず、かといって郷田に作ってもらったなどと言えるわけもなく、茉美は曖昧《あいまい》に相槌《あいづち》を打つ。

「わ、美味しそう！　すごい！　クラブハウスサンドですか？」

「え、なに？　茉美さんの手作り？　すごい！」

渡嘉敷の声に、わらわらと周囲に人が集まり始めて、茉美は焦《あせ》ってしまう。

（待って！　みんな集まってこないで～！）

そんなに自分がお弁当を持ってきたのが珍しいのか、と思ったが、考えてみれば入社以来ランチは外へ買いに行くか、食べに行くしかしたことがなかった。

（そりゃ珍しいわよね……）

茉美も自炊をしないわけではないが、打ち合わせなどで外に出ていることも少なくないため、お弁当を作るという概念がなかったのだ。

「うわっ、うまそ～！　エビとアボカド？」

「彩りもきれいですね～！」

「茉美さん、一口くださいよ！」

黒田《くろだ》が子どものようにサンドイッチに手を伸ばそうとしたので、茉美は慌ててその手をピシャリと叩《たた》く。

「ダメダメ！　これは私のお昼ご飯！　君たちは自分のを食べなさい！」

いつにない茉美の剣幕に、皆が一瞬ポカンとなった。

（しまった……！）

普段、茉美はメンバーに対してキツイ物言いをしないようにしている。それは上司として部下に威圧的な態度を取ってはいけないという自戒だ。もちろん厳しく注意すべき時もあるが、その場合は皆の前ではなく個別に呼び出してすることにしている。

だから皆が雑談をするような場所で、こんなふうに声を荒らげたことは一度もなかったのだ。

「あっ、ごめんなさい。大きな声を出して……」

「や、俺も茉美さんのランチ横取りしようとして、すみません」

黒田がシュンとして謝ってきたので、茉美は頭を抱えたくなった。

（もう、私ったら何をしてるの……？　食べ物のことなんかで怒るなんて！　今はプロジェクトチーム一丸となって頑張らなくちゃいけない時期なのに）

プロジェクトはいよいよ大詰めだ。出張で地方に飛んでもらったり、残業をしてもらったりと、皆にもたくさん負担をかけている。それでも誰も文句を言わず、頑張って仕事をこなしてくれている。

だからこそ茉美はチームリーダーとして、メンバーができるだけ良い雰囲気《ふんいき》を維持できるよう心がけているのに、その自分が自ら雰囲気をぶち壊す真似《まね》をしてしまったのだから、本当に不甲斐ない。

「ええと……」

しょぼんとしてしまったこの空気にどうフォローを入れようかと考えているところに、社長が通りかかった。

「おっ、なんだ、御前《ごぜん》。それ郷田のお手製弁当か？　愛妻弁当ならぬ、愛彼弁当じゃん。ははは！　仲が良くて何より！」

「――しゃ、社長！」

とんでもない暴露《ばくろ》に、茉美は咄嗟に立ち上がって社長の顔を睨《にら》んだ。

皆が呆気《あっけ》に取られて、茉美と社長を交互に見ている。彼らの注目をひしひしと肌で感じて、茉美はまたもや自分の行動のマズさに奥歯を噛んでいた。

（～ばか、私！　こんな過剰に反応したら、誤魔化せないじゃない！）

社長はその場の凍った空気に、キョロキョロと周囲を見回して狼狽えている。

「おっ？　なんだよ？　合ってるだろ？　さっき向こうで郷田も同じもん食ってたぞ」

「……」

「エビとアボカドが入ってて美味そうだったし、『俺もちょうだい』って一個もらったら、『社長に食料を奪われて食べ足りないので代わりにスチバのドーナツを三つ買って来てください』って睨まれたんだよ……。今から買いに行くけど、お前らもいる？」

ペラペラと余計なことしか言わない社長に、深いため息が出た。

じろりと睨みつけると、社長がビクッと肩を揺らす。

「全員にドーナツとコーヒー、買ってきてください」

「え～⁉　全員って、今日何人来てるんだよ⁉　二十四人⁉　マジで⁉」

「ついでにチャンククッキーも全員分ですよ」

「ええ～⁉　それ、全員で飯食いに行った方が安くね⁉」

「お喋《しゃべ》りな口は災いの元ですよ。その程度で済んで良かったですね」

社長がブーブーと文句を垂れるので、絶対零度の口調と眼差《まなざ》しで言ってやれば、ガーンという顔をしてサカサカと去って行った。

それをやれやれと見送っていると、社長の退場を待っていたのか、黒田が口火を切る。

「あ、あの……茉美さん、今の……」

「えーと」

「ご、郷田さんと、付き合っているんですか⁉」

「えーと」

（ああああ、どうしよう……！）

茉美は心の中で叫んだ。

社長のせいで、茉美が郷田と付き合っていることがバレてしまった。サンドイッチの具の内容まで暴露されたら、もう誤魔化しようがないではないか。

（郷田くんは社内恋愛はしないって、あんなに宣言してたんだもの。今更私と付き合ってますなんて、皆に知られたくないはず……）

付き合ってまだ数週間。こんなに早々にバレることになるなんて。

（郷田くんに、なんて言えばいいの……？）

郷田は怒るだろうか、呆《あき》れるだろうか。優しい彼のことだから、怒ったりはしないかもしれないが、それでもいい気分ではないはずだ。

泣きたい気持ちで額を押さえていると、ポンと温かい手が肩に乗った。

「茉美さん、ああ、良かった。まだ食べてなかった。間に合った」

聞き慣れた低い声にパッと顔を上げれば、そこには微笑《ほほえ》む郷田の美貌があった。

「え、郷田くん……？」

「茉美さんのランチボックスに、レモンを入れるのを忘れていたんです。ほら、今日は茉美さんが先に出てしまったから」

言いながら彼が差し出したのは、黄色い小さなパウチだった。赤色で「レモン果汁100%」と書かれている。

「え……と」

茉美は頭の中が真っ白になってしまった。

（え？　待って？　レモンって……あの、お弁当、あれ？　社内恋愛はしないって、あれ？）

同時にいろんなことが起きすぎて、脳がオーバーヒート状態に陥《おちい》る。

何を言えばいいか分からなくて、口をパクパクさせていると、渡嘉敷が悲鳴のような声を上げた。

「ええ――ッ!?　じゃ、じゃあやっぱり、郷田さんと茉美さん、付き合ってるんですか!?」

「え、一緒に暮らしてるってことっスか!?　マジで！」

ドヨ、と狭いオフィスにどよめきが起こる。

企画部ではない人たちも寄って来て、郷田と茉美を囲んで質問攻めにした。

「えっ、えっ、ええ!?　お二人、付き合ってるの!?　いつから!?」

「仲良いと思ったんだよなぁ！」

「どうりで郷田くんが企画部の方ばっかり見てるわけだよ！」

「きゃーん！　美男美女～！　素敵《すてき》すぎます！　羨《うらや》ましい！」

次々に野次馬のような声が上がるが、どれも概《おおむ》ね祝福の声だ。

パニックになって頭が上手く働いていない茉美は呆然としているのに、郷田の方は照れくさそうに笑いながら頭を掻《か》いている。

なんだその古典的な仕草。いやそれよりも、なんだその余裕綽々《しゃくしゃく》な態度。

こっちはオロオロもワタワタも通り越して茫然自失ですけども⁉

「はは、俺が猛アタックして、ようやくＯＫをもらったところなんです。一緒に住み始めたのも最近で……だから、温かい目で見守っていただけたら……」

ＴＨＥ・好青年、というはにかんだ笑顔で答える郷田に、あちこちから「ほう……」というため息が聞こえる。

「そうだったんですね～、もう、もちろん見守りますよ！」

「『パーフェクト・マン』と『静御前《しずか》』の組み合わせ、すごすぎじゃないです？」

「末長くお幸せに、だよ！　まったく！」

皆が口々にお祝いの言葉を投げてくる中、それらを退けるように尖《とが》った声がオフィスに響いた。

「は？　郷田さんは社内恋愛しないんじゃなかったんですか⁉」

お祭り騒ぎのように沸いていた空気が、一気に静まりかえる。

皆が声の方に視線を投げる中、茉美もまたそちらを向いた。

人集《だか》りから一歩離れた場所で、目を吊《つ》り上げてこちらを睨んでいるのは、契約社員の園《その》部《べ》だった。彼女は自分に注目が集まっていることなど気にならないのか、怒りの形相のままツカツカと歩み寄ってくる。

「おかしいじゃないですか！　社内恋愛しない、皆に平等だって言うから、私、我慢してたのに！　誰かを特別扱いするんだったら、最初から社内恋愛しないなんて嘘《うそ》、言わないでくださいよ！」

園部のあまりの剣幕に、皆が顔を見合わせていた。

それはそうだろう。

郷田が「社内恋愛はしない」と明言していたとしても、その主義主張は彼個人のものであり、それを変更したからといって他者にとやかく言う権利はない。

たとえば、この会社の就業規則に『社内恋愛を禁ずる』という項目があるのなら別だが、そんな項目はもちろんない。

茉美が二人の交際を隠そうとしたのは、郷田の風評を慮《おもんぱか》ったのであり、そしてもし別れることになったら、周囲からの対応が気まずくなるなという憂慮からだ。

(な、なぜ園部さんはこんなに怒っているの……?)

契約社員である園部は、部署も違うせいかあまり接点がない。

財務部の事務員には、去年まで古寺《こでら》という六十代の女性の社員が存在していたのだが、結婚して地方へ移住した娘さんと同居することになり辞めてしまったのだ。その代わりの社員を募集したのだがなかなか決まらず、ひとまず契約社員を雇うことになったのだ。

古寺に比べ、派遣会社からやって来た新しい事務員である園部は、印象が薄かった。誰にでも親身になってくれて頼り甲斐があり、「みんなのお母さん」的なポジションだった古寺に対し、愛想がなく言われた仕事しかしない園部とでは、タイプが真逆だったからかもしれない。

社員たちと喋《しゃべ》らず慣れ合おうとしないため、職場の人間に興味のない人なのかと思っていたから、今の園部の鬼のような形相にただひたすら驚いていた。

園部の迫力にすっかり呑《の》まれていた茉美だったが、郷田の方は違ったらしい。

ツカツカと歩み寄ってくる園部を、ひどく冷たい眼差《まなざ》しで見ていた。

園部は郷田の目の前にやって来ると、キッと顎を上げて叫ぶ。

「謝ってください！」

園部のセリフに、皆が呆気《あっけ》に取られた。それは郷田も例外ではなかったらしく、心底呆《あき》れたように顔を歪《ゆが》めた。

「――は？」

「嘘をついたことを、謝ってください！」

（す、すごい、園部さん……）

郷田のこの冷淡な態度を前に、なおも自分の要求を突きつけようとする、その胆力がすごい。自分だったら怯《ひる》んでしまいそうだ。

（……だって、こんな郷田くん、初めて見た……）

園部を見る郷田の目は、完全に虫を見るそれだ。

『お前を軽蔑《けいべつ》している』と顔に文字が見えるようだ。

郷田は誰にでも親切で紳士的な態度を崩さなかった。それなのに、園部に対しては明らかに冷ややかな眼差しを向けていて、見ているこちらまでゾクッとするほどだ。

「なぜあなたに謝らなくてはいけないんですか？」

「私に嘘をついたからです！」

「あなたに？　悪いけれど、俺はあなたに『社内恋愛はしない』と言ったことはない」

郷田の反論に、園部はハッと吐《は》き捨てる。

「は？　そんなのみんな知ってるし、みんなが言ってたから事実でしょ⁉」

「だがあなたには言っていない。となれば、あなたに嘘をついたことにはならないですよね？　そもそも仮にあなたに嘘をついたとして、別にそれは罪でもなんでもない。ただの処世術の一つだ。謝る必要があるわけがないでしょう？」

大袈裟に肩を上げ、嘲《あざけ》るような口調で言う郷田の論理には破綻がない。

園部は悔しいのか、怒りで顔を真っ赤にしてギリギリと歯軋《はぎし》りした。

「でも！　私は郷田さんがそんな嘘をつかなかったら、もっと一緒にいました！　だってそばにいて一緒に過ごしていれば、郷田さんは絶対私を好きになっていた！　だからあなたは私のことを好きになるべきなのよ！」

園部は言いながら感極まったのか、ポロポロと涙を零《こぼ》す。

園部は華奢《きゃしゃ》な女性だ。そんな女性が肩を震わせて泣く姿は、そこだけ見ればとても憐《あわ》れで同情を誘う絵面なはずだが、彼女の言っている内容が内容だ。

居合わせた人たちは恐ろしいものでも見るような顔をして、誰一人彼女を慰めようとはしなかった。

それも当然だろう。彼女の言っていることの大半が妄想じみた話でしかないことは、誰が聞いても明らかなのだから。

(園部さん、やっぱり郷田くんが好きだったのね……)

普段会社の誰とも連《つる》まない彼女が、郷田にだけは妙に距離が近かった。彼女が郷田の腰に触れた時のことを思い出し、心の中にもやっとしたものが湧いてくる。あの時感じた不快感と同じものだ。

それと同時に、足元にポッカリ穴が開いたような心地がしていた。

(……一歩間違えば、私が彼女の立場だったかも……)

もちろん、園部のような妄想じみたことを自分が言うとは思わないが、郷田に恋をしたという点では、彼女と同じだ。そして彼女と茉美の違いは、郷田に好かれているかどうか、それだけだ。

恋愛においては、想いを寄せた相手に好かれるかどうかが、明暗を分ける最重要点だということは分かっている。それでも、自分が今立っている「郷田の恋人」という立ち位置が、ひどく危ういもののように感じてしまったのだ。

泣いている園部に、郷田はハッキリと舌打ちをした。

チッ、と大きな音がオフィスの天井に響く。

(——舌打ち!?　郷田くん、舌打ちしたの!?　今!?)

それに周囲がギョッとするのが分かったし、茉美ももちろん仰天した。

これを園部に聞こえていないわけがなく、一瞬顔を上げて泣き止んだかと思うと、またワッと大声で泣き始める。

「ひ、ひどい！　私が泣いているのに、舌打ちなんて！」

「理屈の通らない無能を相手にするのに飽《あ》きてきたんですよ」

郷田は慈愛に満ちた微笑みを浮かべ、優しい口調で言った。

言葉が分からなければ、罵《ののし》られているとは分からないかもしれないが、そのギャップがかえって恐ろしい。

(言い草がどんどんひどくなっている……！)

郷田を怒らせるとこうなるのか、と皆が心底震え上がる中、郷田が優しい口調のまま続けた。

「あなたが泣こうが喚《わめ》こうが、どうでもいい」

ゆっくりと、そしてハッキリと発音されたセリフは、異様な重量を持ってオフィスに響いた。微笑んでいるはずの郷田の目が、完全に据《す》わっている。

「俺があなたを好きになっていた？　ははは！　奇想天外すぎて、病気なのかと思いましたよ！　あなた、妄想癖があるってよく言われませんか？」

「……ッ」

郷田の冷酷な迫力に、今度は園部も圧倒されたらしい。言葉を返せず押し黙った。

それを見た郷田はクスリと笑う。

「ああ、俺が『社内恋愛をしない』なんて嘘をついた理由を教えてあげましょう。あなたのような勘違い女から身を守るためです。お分かりいただけましたか？」

トドメを刺された園部はワナワナと身体を震わせると、踵《きびす》を返してその場を走り去る。

その後ろ姿がオフィスのドアの向こうへ消えていくのを、一同が固唾《かたず》を呑むようにして見ていた。その緊張の静寂を破ったのは、郷田だった。

「お騒がせしてしまってすみません。ついカッとなってしまいました」

先ほどまでの冷徹な雰囲気はどこへやら、イケメンの申し訳なさそうな微笑みに、その場の空気が一気に緩んだ。

「んも～！　郷田さん怖いからびっくりしちゃいましたよ～！」

黒田の情けない叫びで、皆がドッと笑う。

「そうですよ～！　あんな郷田さん初めて見た！」

「郷田さんでもキレることあるんすね～」

「ちょっと、黒田！　当たり前でしょ！」

「いやでも郷田さん、いつも優しいから、怒ったりしないのかと思ってた」

黒田に渡嘉敷が「そんなわけあるか！」とツッコミを入れていたが、茉美は「その気持ち、分かる」と心の中で頷《うなず》いた。

それなりに長い付き合いになるが、郷田がキレるところを初めて見た。

皆から揶揄《やゆ》され、郷田は困ったように苦笑いをしている。

「いやはや、お恥ずかしい。我慢しようと思えばできたんですが、彼女にはあれくらいしないと、現実を正しく認識してもらえないと思ったので……」

その言葉に、「あ～……」と苦み走った感嘆の声が上がった。

「そりゃそうっすわ。アレはマジでやばかったもん……」

「園部さん、部署違うからよく知らないけど、あんなやばい子だったんだ？」

「ですよね。びっくりしちゃいました……」

「全然喋んないし、大人しい人だと思ってたんだけど、違ったんだねぇ」

企画部の連中がそんな感想を述べる中、「いやいや」と手を左右に振る人がいた。

システム部の小沢《おざわ》だ。細い指でメガネのブリッジを押し上げる彼は、まるで怪談をする人のような神妙な顔をしている。

「あの子、郷田さんの前だと態度が豹変するんですよ……。僕、最初に見た時目を疑いましたもん……」

「えっ、そうだったの⁉」

「うわ、マジか！」

「そういうタイプか～！　こえ～！」

「いやでも、確かに郷田くんにはニコニコ話しかけてるの見たことあるわ、私も。同じ財務部だからかなって思ってたんだけど……」

皆が口々に園部の話をし始めて、茉美はまずいなと思った。

（園部さんが槍玉《やりだま》に挙がっちゃってる……これは良くない）

確かに園部の言動は常識的なものではなかったが、それで社内の雰囲気がおかしくなっても困るのだ。

仮に今回の事件がきっかけで、ここにいる社員たちが揃って園部に冷淡な態度になったとすれば、それはもうモラルハラスメントになってしまう。彼女の常軌を逸《いっ》した言動が先にあったとしても、集団で個人を攻撃する形になるのはよろしくない。

（しかも園部さん、派遣会社から来てるから……。面倒なことになったら大変……！）

彼女が「派遣先でモラハラの被害に遭いました！」などと訴えれば、派遣会社から法的手段を取られる可能性だってある。

そして社員の多くが彼女に冷淡な態度を取っていたという事実があれば、モラハラは立証されてしまうだろう。

茉美は空気を変えようと、パンパンと手を叩《たた》いて明るい声を出した。

「まぁまぁ、みんな一旦落ち着こう」

「茉美さん。でも園部さんのあの感じだと、茉美さんに逆恨みしてなんかしてきそうじゃないです？」

「そうですよ。『私のことを好きになるべき～』とか、ちょっと思い込みが激しすぎて、心配になるレベルですよ」

（ま、まぁ、確かにそれは否定できないけど……）

茉美は内心同意しながらも、「それでも」と一度言葉を切る。

「園部さんのことは、私と郷田くんがなんとかするから。そもそもこれは仕事に関してのことじゃないからね。派遣の契約社員さんに、派遣先の社員が攻撃的な言動をするのは、ほら、本当に良くないから……」

このままじゃ埒《らち》が明かない、とモラハラになってしまう可能性を言外に仄《ほの》めかしてみると、皆が「あっ」という表情になった。

「あ～、確かに……」

「そっか、モラハラか〜」

「そうそう、気をつけないと……」

ようやく皆の興奮が冷めそうでホッとしながら、茉美は郷田に目配せをする。

「ね、郷田くん」

郷田は胸のポケットに挿《さ》してあったペンを手に取って眺《なが》めていたが、茉美の視線に気づくとにっこりする。

「はい。もちろん」

（……？）

人が話をしている時に、郷田が余所見をしているのは珍しい。

怪訝《けげん》に思ったものの、今はそんなことを気にしている場合ではない。

「さ、みんな、休憩終わっちゃうよ。ご飯まだの人はちゃんと食べてね！　午後からまた頑張るよ！」

茉美が発破をかけるように言うと、皆が「はーい」と返事をして、それぞれのデスクへと戻っていったのだった。

「……郷田くん」

「はい、茉美さん」

皆が散った後も背後に立ったままの郷田に呼びかければ、彼は食えない微笑みを浮かべて返事をした。

「……詳しい話は、後で聞くからね。……あと、お説教も！」

「喜んで」

お説教と言ったのに、喜ばれて腑《ふ》に落ちないが、会社でする話ではない。

茉美はいろいろ問い詰めたい気持ちを抑え、自分も椅子《いす》に座り直す。ランチの続きをしなくては。

「郷田くんは――」

「じゃあ、俺はこれで」

なおも居座るかと思った郷田は、意外なことにそう言い置いてどこかへ行ってしまった。

拍子抜けをしながらも、茉美はサンドイッチに齧《かじ》り付く。

（……バタバタしちゃったけど、結局付き合ってることがみんなにバレちゃったな……）

郷田は嫌がると思っていたのに、そうでもなかったようでホッとした。

（でも、だからこそ気を引き締めなくちゃ。公私混同しないように！）

新たな緊張に胃がキュッとなったが、エビとアボカドの濃厚な美味しさが口の中に広がったせいで、胃はすぐに弛緩した。身体は実にゲンキンである。

「美味しい……！」

「え～！　いいな、茉美さん！　一口！　一口！」

「コラ、黒田！　またアンタは！」

　また始まった渡嘉敷と黒田の掛け合いを宥《なだ》めながら、波乱のランチタイムは終了したのだった。

＊＊＊

　郷田は手の中にあるペンを弄《もてあそ》びながら、社長の待つコーヒーショップへと足を踏み入れた。薄暗い店内には喫煙コーナーがあり、ガラスの壁で仕切ってある。その奥の方に、見覚えのある後ろ姿が見えた。

（いた）

　社長の姿を確認すると、足早にそちらへ向かう。

　喫煙コーナーにはスマホを弄《いじ》ったり、タブレットで仕事をしたりしている人もいるが、禁煙席よりも人がまばらだ。

「お疲れ様です」

一応声をかけて社長の向かいの席に座ると、タブレットを触っていた社長が顔を上げた。

「おっ。上手くいったか？」

「上々ですよ」

郷田は端的に答え、スッと先ほどのペンをテーブルの上に置く。

社長は何も言わずそれを取ると、無造作にペンのボディの側面についたボタンをカチリと押した。すると微《かす》かなモーター音がする。それを確認すると、社長は再びボタンを押してそれを止め、ニヤリと口の端を吊《つ》り上げた。

「いいよな、便利」

「まあ、意識していないと分かりませんからね」

（これが普通のペンじゃないなんて）

主語をあえて明言しない会話は、周囲の人を警戒しているからだ。

密室でもない限り、誰が聞いているか分からない。

（警戒して当然だ。ボイレコで会話を録音していたという話なのだから）

つまり、今郷田が社長に渡したのは、ペン型のボイスレコーダーだったというわけだ。

実は郷田は、先ほどのオフィスでの園部の会話を録音していたのだ。

社員との会話を録音していたなんて、あまり外聞のいい話ではないので、言葉を濁《にご》すに越したことはない。

「かなりやばめのところが入ってるので、問題ないと思います」

「おお、さっすが〜！」

なぜこんな面倒臭いことをしているかといえば、園部を辞めさせるためだ。

企業が雇用者を解雇するのは、簡単なことではない。

ましてそれが派遣会社を介して雇っている派遣社員ともなれば、余計にである。

当然ながら辞めさせたい理由に正当性が求められ、さらには証拠の提示も必要なのだ。

世の中には、雇用主による雇用者へのあらゆるハラスメントが蔓延《まんえん》しているから仕方ないとはいえ、雇用者に問題がある場合はなかなか難儀である。

——ちょうど、今回の園部のように。

「あ〜、昔から俺、くじ運は悪かったんだよなぁ」

ため息をつく社長に、郷田は冷たい眼差しを向ける。

「社長が採《と》ったんでしょう」

「え〜、だって普通に良さそうだったんだもん。愛想も良かったし、二級も持ってたし」

簿記のことだろう。

文句を言ったものの、郷田も簿記二級の有資格者が来てくれるならありがたいと思っていた。古寺が大変有能な社員だったために彼女の抜けた穴は大きく、猫の手でもいいから借りたいという状況だったのだ。

それなのにやって来た待望の契約社員は、素人《しろうと》も同然の知識しか持っておらず、使えないに等しい有様だった。資格を有しているのは本当のようだが、高校が商業科で卒業に必要なため取得したが、その後はサービス業にしか従事したことがなかったらしい。

『昔すぎて、忘れちゃいました〜！』

とテヘペロされた時には、今すぐにこいつを簀巻《すま》きにして派遣会社に送り返したいと思ったものだ。忘れたのなら教えればいいと、一から仕事を教えようとしたが、とにかく覚えが悪い。覚える気がないとしか思えないレベルだった。

それだけならまだしも、園部は仕事を教えている途中で、郷田にベタベタと触り、食事に連れて行ってくれなどと言ってくる始末だった。

郷田は頭痛を覚えた。

（ここはキャバクラじゃないんだが……）

園部がこれまで従事していたというサービス業がなんであるか、なんとなく想像がついてしまった。郷田は別に水商売に偏見はない。客にボディタッチすることや、食事に連れて行けと強請《ねだ》ることが仕事の一種であるなら別に構わないと思う。

だがそれはそういう類《たぐい》の仕事の場でのみ通用する常識だ。

いわゆる昼職の場では、それらの行為は非常識だと知らないことがまずい。

（そもそもこいつ、仕事をするために来てないだろう……）

確か園部は三十三歳だった。若さで売れていた夜職が厳しくなり、養ってくれる配偶者を探そうとしているのかもしれない。出会いを求めてならば、派遣社員という雇用形式は確かに効率がいい。ここがダメでも次の会社へと、なんのしがらみもなく狩り場を移せるのだから。

（ともあれ、仕事をしようとしないなら、こいつに教えても意味はないな）

時間の無駄だと判断した郷田は、自分が園部に仕事を教えるのをやめ、教育担当者を棚《たな》尻《じり》に担当させた。棚尻にストレスを与えるわけにはいかないので、「雑務だけさせておけ」と言ってある。

このことは社長には報告済みだったが、派遣社員を簡単に切れないという事情から、契約期間が終了するのを待つ流れになっていたのだ。

だがリアル・プランニングとしても、期間限定とはいえ、無脳な人間に安くはない給料を払い続けたくはないのが実情だ。

早めに園部を辞めさせるために、彼女の問題行動の証拠を集めているところだったのだ。

そして今回の録音データは、かなり良い証拠となってくれるはずだ。

「クラウドには？」

「共有のところに保存されてるはずです」

「おけおけ、バッチリじゃん～！　これで向こうに正々堂々文句言えるわ～」

向こうとはもちろん、派遣会社のことだ。

証拠があれば、不当解雇だと文句を言われなくて済むはずだ。

「助かった、郷田。サンキューな」

「いえ、俺も困っていたんで」

なにしろ郷田は、園部の配偶者候補としてターゲットにされていたのだ。

社内の雰囲気を悪くしないように、契約期間が過ぎるまで適当にいなそうと努力していたが、相手がモンスターすぎた。

『郷田さんは絶対私を好きになっていた』と園部が叫んだ時、恐怖がゾッと背筋を走り抜けた。どうしてそんな根拠のない思い込みができるのだろうか。郷田は園部に特別に親切にした覚えはないし、なんなら他の人よりも冷たく接していたくらいだ。

（もしかしたら、妄想と現実が混じってしまっているのかもしれない……）

思い出すのは、ストーカーになってしまった元カノだ。

彼女も自分の思い込みを現実だと信じて疑っていなかった。

「とにかく、早めに動いてください。茉美さんのこともあるので、万が一のことがあっては困るんです」

あのモンスターが茉美に何かしようとする前に、さっさと辞めさせてくれと言うと、社長は一瞬目を丸くした後、ニヤニヤと笑い出した。

「なんだよ、お前～！　御前と上手くいったからって、もう彼氏ヅラかぁ～？」

「彼氏ヅラじゃなく、彼氏です」

澄ました顔で訂正すると、ブハッと噴き出される。

「うははっ、これがあの『女のいる職場はイヤだ』って言ってた奴と同一人物とは思えないな⁉　お前、うちに入った当初、俺を使って『職場恋愛絶許！』ってあんだけ言いまくってたのに！」

「おかげさまで、今回でその件も訂正できました」

嬉々として揶揄《からか》おうとしてくるのをすげなく躱《かわ》すと、社長はしょんぼりと眉を下げた。

「そうなの？」

「ええ」

郷田にしてみれば、『社内恋愛はしない』という宣言を撤回したところで、別に痛くも痒《かゆ》くもないのだが、社長はそれをネタに郷田をおもちゃにしたくてうずうずしていたらしい。

「なんだ～！　おもしろくな～い！」

まるで女子高生のような口調で言う社長に、郷田は深いため息をつく。

面白い面白くないという判断基準で、社内の雰囲気を掻き回さないでほしい。

「とにかく、茉美さんたちのプロジェクト案の作成が大詰めを迎えている。集中させてあげたいんです」

念を押すと、社長は唇を尖らせて「はーい」と間延びした返事をする。

小学生か。

やれやれともう一度ため息をつきながら、郷田は茉美の顔を思い浮かべた。

コンペまであと二週間。

茉美も他のプロジェクトメンバーも、笑顔を見せてはいるが、忙しさに気を抜く暇がない状態だ。

(俺にできることは、彼女をサポートすることだけ)

自分の役割を理解し、徹しよう。

郷田はそう心に誓ったのだった。

第六章　郷田くんは失恋する

ナナトリーのコンペティションまで残り十日となった。

茉美《まみ》たちプロジェクトメンバーの疲労はピークに達していた。

各社とのメールでの打ち合わせだけでなく、法律の確認もしなくてはならなかったり、プロダクトや生地の実物を確認するために現地へ飛び、日帰りで帰ってくることもしょっちゅうだったりで、体力的にも精神的にも限界ギリギリで戦っているような状態だ。

そんな中、郷田《ごうだ》が差し入れてくれる飲み物や甘い物には、本当に癒やされた。彼はチームが煮詰まり、疲労が濃い時に、決まって差し入れをくれるのだ。

(きっと私たちに目を配ってくれているのよね……)

それにどれだけ救われたか分からない。

そして茉美は差し入れだけではなかった。

彼の作ったご飯を三食食べ、大きな湯船に浸かって疲れを取り、ふかふかのベッドで眠った。まさに至れり尽くせり。

郷田が完璧なサポートをしてくれているから、今まで倒れずにやって来られたのだと思っている。

それくらい、今回のプロジェクトは大変だった。

（これが終わったら、郷田くんに何かお礼をしなくちゃ……）

茉美はメールを打ち込みながら、頭のどこか裏側でそんなことを考えていた。

郷田は何が好きだろう？　食べ物はいつも彼が美味しいものを作ってくれるから、服とか小物とかの方がいいだろうか。いやいつもご飯を作ってもらっているから、こんな時こそ特別なレストランとかへ連れて行くのがいいだろうか。

多忙な状況からの逃避なのだろう。

好きな人への贈り物を考えるのは楽しいことだ。

うっかり没頭してしまっていたらしく、自分に呼びかける声に気づくのが一瞬遅れた。

「ちょっと！　呼んでるでしょう⁉　無視しないでくださいよ！」

尖《とが》った声にハッとして我に返ると、目の前には不機嫌な表情の園部《そのべ》が立っていた。

「あ、ごめんなさい。ちょっとボーッとしてたみたい」

茉美は心の中で「しまった」と臍《ほぞ》を嚙《か》む。よりによって園部が相手の時にボーッとするなんて。

茉美の言い訳に、園部はピクリと鼻の穴を膨らませた。

「は？　ボーッとしててお給料もらえるんだから、正社員の人はいいですね！　こっちはあんたたちの事務処理で大変だって言うのに！」

キンキンとした声に、周囲から苛立ったような視線が向けられるのを感じて、茉美は慌てて愛想笑いをした。

（ま、まずい！　みんなが苛立ち始めちゃった……！）

あのトンデモ発言事件以来、社員たちの園部への印象は悪いままだ。

茉美が釘を刺したから普通に接してくれているようだが、本当は園部に一言申してやりたい、という空気が漂っている。

これで園部が大人しくしてくれていれば問題はなかったのだが、そうはいかなかった。

あれ以来、園部が分かりやすく茉美を目の敵《かたき》にし始めたのだ。

自分で言うのもなんだが、茉美はこの会社でそれなりの地位を築けている。上司と部下を繋ぐ中間管理職として、皆から信頼を得られる仕事をしてきたという自負もある。

つまり、この会社に来て半年ほどの契約社員の園部よりは、皆からの信頼を勝ち得ているのだ。

その茉美に対してあからさまな敵意を向ける園部に、皆のヘイトが溜まっているのをひしひしと感じられた。

今にも爆発しそうな緊張の中、茉美は必死に笑顔を作った。

「ご、ごめんなさいね。それで、何かな？」

ここは早く園部に退場してもらうしかない。茉美が用件を訊ねると、園部は「はぁ」とこれみよがしなため息をついた。

「茉美さんが出してくださった領収書なんですけどぉ、ここ、名前がないんですよねぇ」

突き出された紙を見て、茉美は首を傾《かし》げる。

「え？　ごめんなさい、それ、私のじゃないわ」

それは飲食店の領収書で、茉美の知らない店名が書かれてあった。

だからそう言ったのだが、その途端園部が鬼のような形相になって喚《わめ》き立て始めた。

「はぁ⁉　茉美さんのですよ！　ちゃんと見てもないくせになんで適当なこと言うんですか⁉　正社員だからっておかしくないです⁉」

茉美は突然怒鳴られて、困惑してしまう。

正社員だとか契約社員だとか、そんなことは一言も言っていない。なぜいきなりそんな話題に飛んでいくのだろう。

（こ、これはどうしたものか……）

「あの、私、この日は京都《きょうと》に出張に行ってるの。ここは恵比寿《えびす》のお店でしょう？　私がこの日にここで食事をするのは物理的に無理なのよ。だから……」

逆上している相手に、自分までも感情的になってはいけない。

だから努めて冷静に、論理的な説明をしたのだが、園部は顔を真っ赤にしてブルブルと震え出した。

「はぁ⁉　手に取って見もしないで、なんでそんなこと言うんですか⁉　私のことばかにしてるんですか⁉」

「えっ、ごめんなさいね、ちゃんと見るわ」

領収書を手に取ることが大事だったのか、と慌ててそれを受け取ろうとしたが、園部は茉美の手を叩《たた》き落とす。

「触らないで！」

「いたっ」

そんな思い切り叩かなくても、というレベルの痛みを感じて、咄嗟に叫《さけ》んでしまった。

それを見かねたのだろう。黒田《くろだ》がガタンと椅子《いす》から立ち上がり、渡嘉敷《とかしき》は園部を睨《にら》みつけている。

(ひ～～～！　みんなやめて～～～！)

一触即発の空気に、茉美は青ざめながら彼らを手で制した。

喧嘩《けんか》になんかなったら大変だ。今日は社長も郷田も打ち合わせのために外に出ていて夕方まで戻らない予定だ。つまり園部に言うことを聞かせられる人が誰もいない。

不満を爆発させるメンバーに、全くこちらの言うことを聞かない宇宙人のような園部。

そんな人たちを宥《なだ》めて落ち着かせる気力は、今の茉美には残っていない。

(大丈夫、私は大丈夫だから、ね⁉)

祈るような気持ちで黒田と渡嘉敷に目配せをしていると、園部がクルリと踵《きびす》を返した。

「こんなの、モラハラだわ！」

涙声でそう言い捨てると、彼女はオフィスのドアの向こうへ駆けて行った。

「……ぎょ、業務時間、だよ……？」

職場を離れてどこへ行ってしまうのか。

叩かれた手をさすりながら呟《つぶや》くと、黒田と渡嘉敷が勢いよく寄ってくる。

「茉美さん、大丈夫ですか⁉」

「手、どうなってます⁉　怪我したんじゃ⁉」

渡嘉敷が手首を摑《つか》んで状態を確認しようとするので、茉美は慌てて首を横に振った。

「だ、大丈夫大丈夫、ちょっと叩かれただけだから、怪我とかはないよ！」

そう言っているのに、渡嘉敷も黒田も聞いた様子はない。

「あっ、赤くなってるじゃないですか！　これはもう傷害罪ですよ！　医者に診てもらって証拠取りましょう！」

「いいっすね！　俺の従兄弟がやってる整形外科クリニック、紹介しますよ！　発赤《ほっせき》・腫脹《しゅちょう》で全治二週間は固いっす！　診断書持って警察行きましょ！」

「待って待って！　不穏！　不穏！　不穏だから！」

次から次に飛び出す「傷害罪」だの「証拠」だの「警察」だのという言葉に、茉美はブンブンブンと首を振りまくる。まるでそういうおもちゃになったみたいだ。

茉美の制止に、騒いでいた二人が不満そうに顔を見合わせた。

「でも茉美さん、これ、あいつを辞めさせるいい機会ですよ？」

「いや辞めさせなくていいから！」

いつも冗談めかしたことを言う黒田だが、今は本気だったようで、「えー」と納得のいっていない声を出す。

「茉美さん、今回ばっかりは、私も黒田に賛成です」

「ちょ、渡嘉敷さんまで……」

普段冷静な彼女らしからぬ発言に、茉美は泣き笑いをしたくなった。

「だって、あいつ、郷田くんに振られてから、ずっと茉美さんに嫌がらせしてきてるじゃないですか！　こんなの業務妨害ですよ！」

「う～、あ～、それはそうなんだけど……」

渡嘉敷の指摘は正しい。茉美は困って言葉を濁《にご》した。

彼女の言う通り、あれ以来、園部は茉美に地味に嫌がらせをし続けているのだ。

最初は、出社した時に自分の椅子が倒されている程度だったのだが、翌日にはデスクの上が荒らされていたり、少し外出している間にランチボックスがゴミ箱に捨てられていたりと、どんどん悪質になっていった。しかも、郷田や社長のいない時を見計らった犯行なのだ。

リアル・プランニングの決算が来月なので、社長と郷田は今大変忙しく、会社にいないこともある時期なのが、園部の気を大きくしているのかもしれない。

(郷田くんお手製のランチを捨てられた時は頭にきたけど……)

それでも、仕事が佳境のど真ん中にある今、仕事以外のことに労力を割きたくなかったから、我慢してきた。

幸い園部のターゲットは茉美だけのようで、他の誰にもこんなことはしていないようだ。

（私が我慢してればいいか、って思ってきたけど、仕事にまで面倒なこと言い出したからなぁ……）

これまでは、仕事に直接関わってこない、いわば中学生のいたずらのような内容だったからいなせたが、仕事を使ってまで嫌がらせされたのでは、さすがに黙ってはいられない。

我慢していればいいレベルを超えている。

「そうね。これはちょっと問題よね」

ため息をついて茉美が同意すると、黒田も渡嘉敷もホッとした表情になった。

彼らにとっても園部の非常識な言動はストレスだったのだろう。

「じゃあ、クリニックに電話……」

すかさず電話を取り出そうとする黒田を、茉美は苦笑いをしながら止める。

「クリニックは要らない。手はもう赤みも引いてるから、この程度で警察沙汰《ざた》は恥ずかしいわ」

それに、郷田のことも心配だった。

元カノが警察沙汰を起こしたせいで、彼は前職を辞めざるを得なくなったのだ。トラウマになっていてもおかしくない。

（そのせいで『社内恋愛はしない』って宣言をしてたくらいだもの。気にするに決まってるわ。私だったら、気にするもの）

自分のせいで（郷田のせいでは決してないが）、異性が二人も警察沙汰を起こしたとなれば、社内恋愛どころか、当分恋愛は要らないと思うに決まっている。

「だから病院も警察も行かないけど、社長に話をしてみるから」

社内のいざこざなのだから、まずは社長に相談するべきだ。

そう言うと、二人はようやく納得してくれたようで、渋々ではあったが頷《うなず》いてくれた。

茉美がホッとしていると、隣の島からシステム部の小沢《おざわ》が顔を覗《のぞ》かせる。

「社長ならもう知ってると思うよ」

「え？」

どうやら小沢は茉美たちの話を聞いていたらしい。

（まあ、園部さん、大声だったしね……）

気にならない方がどうかしている。

「社長が知ってるってどういうことですか？」

渡嘉敷が訊ねると、小沢はニヤリと悪い笑みを見せた。

「あの人、数日前に社長に奇襲仕掛けてたんだよね」

「奇襲？」

小沢は悪い人ではないのだが、言い回しが実に回りくどいところがある。

「熊かよ」

ボソリと呟《つぶや》かれた黒田のツッコミに笑いそうになったが、グッと堪《くら》える。熊は奇襲をかける動物なのだろうか。分からないが、今はそこじゃない。

「僕がたまたま通りかかった時に、すごい形相で社長の部屋に飛び込んで行くのを見たんだよ。なんだなんだって思って見てたら、中から叫び声が聞こえてきてさ。『今月いっぱいってどういうことですか⁉　まだ契約期限が来てないですよね⁉』って」

「えっ……」

驚くような情報に、黒田と渡嘉敷がパッと顔を輝かせる。

「じゃあ、あいつ、辞めさせられるってことですか？」

「多分ね～」

「でも、派遣会社に文句言われたりしないのかしら」

渡嘉敷が心配そうに眉根を寄せると、小沢は肩を竦《すく》めた。

「社長のことだから、ちゃんと派遣会社に話通してるはずだよ。あの人、そういう根回しはピカイチだし、訴えられるようなヘマする人じゃないもん」

小沢の言うことに、皆が一様に頷いてしまった。

ちゃらんぽらんそうに見えるが、あれでそれなりに成功している起業家だ。切れ者だし、要領も良く、締めるところは締める人間だ。

「それは確かに」

「郷田くんと同じ法学部ですもんね、社長」

「そゆこと。だから、アレに関しては社長もちゃんと把握してるよ。だから御前《ごぜん》さん、そんな気負わなくても大丈夫だから」

いきなり名指しされ、茉美はびっくりして目を瞬《またた》く。

「えっ、気負うって……」

「先生に告げ口しなきゃいけない中学生みたいな顔してるよー」

それだけ言い置くと、小沢は「じゃあねー」と去って行った。

「ちゅ、中学生って……！」

ちょっと失礼ではあるまいか。

自分が童顔であることを若干気にしている茉美は、少しムカっとしながらも、感謝の気持ちで小沢を見送った。

（……そっか、じゃあ言ってもいいのか……）

小沢の言った通り、園部のことを社長に伝えるのを、なんとなく気が引けると思っていたのは確かだ。

その感情の根底にあるものがなんなのか、茉美には分かっている。

それは不安だ。

——一歩間違えれば、自分が園部の立場だった。

郷田が別の女性を選んでいれば、その人を妬《ねた》み恨む感情を抱いたのは、自分だったかもしれない。もちろん、茉美は園部のように実際に嫌がらせをするような真似《まね》はしないだろう。だが、妬む気持ちは少なからず抱いたはずだ。

そう思うと、園部に対する罪悪感や、同情のようなものを持ってしまうのだ。

（……多分、これは感じなくていい罪悪感なんだよね……）

理屈では分かっていても、感じることは止められない。

だが、自分の感情に振り回されていてはいけない。

（私は、チームリーダーなんだから！）

チームを率いる自分がしっかりしなくては、と茉美は気合いを入れ直したのだった。

＊＊＊

事件が起きたのはその二日後だった。

コンペまであと八日。

ようやく全ての資料が揃い、提出データが完成しかけていて、チームが最後の力を振り絞って仕事に取り組んでいた時に、その電話はかかってきた。

「――どういうこと⁉　『壱光《イッコウ》』も京鹿《きょうか》の子絞《こしぼ》りを使ったエコバッグを作ってるって！」

茉美は悲鳴のような声を上げた。

壱光とは、ナナトリーのコンペで競合することになっているライバル会社の一つだ。

電話を受けたのは黒田で、彼も真っ青な顔色をしていた。

「それが……今、小川《おがわ》さんから電話が来て、同じ京鹿の子絞りの協同組合の会員である会社の一つが、『壱光』からよく似た依頼を受けてるらしいって教えてくれたんです。……それで、伝統工芸の同志である組合員と争うような無粋《ぶすい》な真似はしたくないからと、企画を降りるとおっしゃっていて……」

「嘘でしょう……⁉」

目の前が真っ暗になり、膝からガクンと力が抜ける。

「茉美さん！」

郷田の声が聞こえて、ガシッと腰を掴まれる。

（……郷田くん、外から帰ってきてたのね……）

確か今日は銀行に行っていたはずなのに、と彼の予定を思い出しながらも、郷田の存在がそばにあることに心のどこかでホッとした。

だがすぐにそんな自分に眉根が寄る。

（……ホッとする？　ばかじゃないの、私！　こんな状況で……！）

プロジェクトの要《かなめ》とも言える、京鹿の子絞りのメーカーが、こんなギリギリになって降りてしまうなんて。

（いいえ、それもだけど、壱光がうちと被らせてくるなんて……！）

倒れている場合ではないと、身体を起こそうとするのに、気持ちが悪すぎてままならない。目の前は真っ暗なのに、ぐるぐると視界が回っているような気がする。

吐《は》き気を感じて手で口を押さえると、「吐きそうですか？」という郷田の声が聞こえて、コクコクと小さく頷くと、ふわっとした浮遊感の後、横抱きに抱え上げられた。

「低血糖だと思います。少し横になって」

寝かせられたのは、オフィスの中にある来客用のソファだ。

「吐きたい時は、これに。誰か糖分の入った飲み物は持っていませんか？」

茉美の顔の近くにビニール袋を入れ込んだゴミ箱を置いてから、郷田が皆に訊ねた。するとｎ「あ、私、まだ開けてないの持ってます！」と手が上がり、茉美の前にスポーツ飲料水が差し出される。

「茉美さん、飲んで」

郷田の支持通りペットボトルに口をつけると、妙に美味しく感じてそのままゴクゴクと喉を鳴らして飲んでしまった。勢いよく一本飲み切ると、先ほどまでの気持ち悪さがかなり軽減していて、茉美はホッと息をついた。

「……ごめんなさい、ありがとう。楽になったわ」

「良かった。低血糖と、もしかしたら脱水も起こしかけていたのかもしれませんね。今日昼食は？」

訊かれて、茉美は少し気まずくなる。郷田に作ってもらったお弁当を、今日はまだ口にできていなかった。

「……ごめんなさい。まだ、食べてないの。ごめんね、せっかく作ってくれたのに……」

謝ると、郷田は困ったように微笑《ほほえ》んだ。

「そんなことは気にしなくていいです」

「あの、ごめんね、郷田くん。それより、今は『壱光』のことをなんとかしなくちゃ自分の体調よりも気にしなくてはいけない緊急事態が発生しているのだ。

茉美の言葉に被せるように、渡嘉敷が悲鳴のような声を上げる。

「茉美さん、今、小川さんからメールが来ました！　『壱光』が進めているプロジェクトの、エコバッグの試作品の画像が添付されてます！」

普段声を荒らげることの少ない彼女の悲鳴に、皆が青ざめて彼女のデスクへ駆け寄った。

茉美もまたそちらへ走ろうとしたが、すかさず郷田に止められて手を差し出される。大丈夫だ、と言おうとしたが、倒れたばかりでそれは信憑性がないと思い直し、渋々その手を取ってゆっくりと渡嘉敷の元へ歩いていく。

茉美が辿《たど》り着くと、ノートパソコンの画面を覗き込んでいた皆が、愕然《がくぜん》とした顔で振り返る。そして茉美に道を空けるようにして退いてくれた。

彼らの表情に不安が込み上げたが、見ないわけにはいかない。

茉美は唾を呑《の》んで画面を見る。

するとそこには、茉美たちの作っていたエコバッグとほとんど同じ物が写っていた。

顔から血の気が引いていく。

「――嘘でしょう？　これは何かの間違いなんじゃ……」

「……！」

茉美は呆然《ぼうぜん》と呟《つぶや》いた。

「だって、変よ。どうしてここまでそっくりなの……？」

驚きを通り越して、ひどく冷たいものが頭の中を覆《おお》っていくような感覚になる。

「京鹿の子絞りってだけでも、被るのはおかしいのに、色や形までほとんど一緒ですよね……」

茉美と同じく、呆然とした声を出したのは渡嘉敷だ。

彼女は鹿の子絞りの色とデザインを決めるのに尽力してくれた。何度も京都へ足を運び、制作元の小川蝶十郎《ちょうじゅうろう》商店と意見を交わして、やっと納得のいくものに決まっていたと言うのに。

「どうするんですか、これ……」

「コンペまであと八日しかないのに……」

「……うちの情報が向こうに漏《も》れてるとしか思えません！　だって、こんな……完全にパクリじゃないっすか、こんなん！」

黒田の声はほとんど泣き声だった。

黒田だって、ここまでずっと頑張ってきてくれた。黒田だけじゃない。チーム全員、出張も残業も死ぬほどあったハードワークの中、誰一人文句を言わず、一丸となってプロジェクトに挑んでいたのだ。

バン、と派手な音を立てて黒田がデスクに拳《こぶし》を叩きつける。

「クソっ、誰だよ！　情報漏らした奴！」

「……社内の人間としか考えられないよ！　だって、そうじゃなくちゃ知り得ないことばっかりじゃん！」

「誰？　誰か、家族とかにプロジェクトの内容漏らしたりしてない？」

「友達とか、恋人もだぞ！」

皆の関心が壱光から、情報を漏らした犯人探しへと移っていくのが分かったが、茉美は止めることができなかった。これまでの苦労が全て水の泡になったのだ。あまりの出来事に抜け殻のようになってしまって、状況に思考が追いつかなかった。

「皆さん、落ち着いて」

よく通る低い声が響いて、銘々に喋《しゃべ》っていたメンバーがピタリと口を閉じて、こちらを振り返る。声の主――茉美の後ろに立つ郷田を見上げているのだ。

「犯人探しは、社長と俺が請け負います。皆さんの仕事は企画です。そちらに専念してください」

張りのある声は威圧感があり、経営陣としての重さを持っていた。

郷田を見る皆の目に、縋《すが》るような色が浮かぶ。

「……で、でも、企画って言っても……」

オロオロと首を振る渡嘉敷に、郷田は力強く頷いた。

「こうなれば新しい案を出すしかない」

当たり前のようにサラリと言われた言葉に、皆の顔色がサッと変わる。

「そんな！」

「今から企画を丸ごと作り直すってことですか⁉」

「無理ですよ！　あと八日しかないのに！」

ありえない、と皆が嘆き出す中、郷田は片手を上げてそれを黙らせた。

「大丈夫。京鹿の子絞りの案の他に、折り紙技術の案もありましたよね？」

郷田の言葉に、皆が「あっ」という顔になった。

茉美もようやく動きを再開し始めた頭で、「そういえば」と思い出した。

（ＪＡＸＳＡでも使われている、折り紙技術の……）

日本折り紙協会の会長が、郷田の出身大学の教授だからと連絡をつけてくれると言っていたやつだ。

「でも、そうなると素材が和紙になるから……かさばるから携帯するには不向きだって、なくなった案ですよ？」

　メンバーの一人が指摘すると、郷田はニコリと笑った。

「エコバッグでなくても良いのでは？　ナナトリー社が求めているのは『日本の物を使ったサステナブルな日用雑貨』なんですから。新しいペットボトルのお茶に付属するノベルティだから、小さければ小さいほどいい。耐久性のある和紙でできた何かであれば、十分に通用する」

　そう言われて、すぐに反応したのは渡嘉敷だった。

「折り紙技術なんだから、立体になる物の方がそれらしいですよね。商品が飲み物だから、たとえばコップとか？」

　その案に、黒が指を鳴らした。

「いいっスね、それ！　水に濡《ぬ》れても大丈夫な素材なら、いけるかも！」

「あ、確か岐阜《ぎふ》県に、和紙の端っこの余りを再利用してエコ和紙とか、リサイクル和紙とか作ってる美濃《みの》和紙の業者さんがあったはず！」

「いいね！　サステナブルって条件にもピッタリ！　……でもインパクトというか、もう少しキャッチーさが欲しいな」

「あ、じゃあ子どもから高齢者までみんな好きなキャラクターの柄を入れれば……」

さすがプロジェクトチームメンバー、企画となれば次々に案が飛び出てくる。

（……噓、みんな、もう気持ちを切り替え始めてる……）

チームリーダーである自分は彼らを率いる立場にありながら、未だショックから抜けきれていないというのに、と呆気《あっけ》に取られる気持ちでそれを眺《なが》めていると、郷田がにっこりと笑顔を浮かべて人差し指を立てた。

「……では、『ちい×CAR』などいかがでしょう？」

その名前に、皆が目を丸くする。

『ちい×CAR』とはSNSを発祥とする大人気漫画のことだ。可愛らしいキャラクターたちが織りなす少しシュールでホラーな世界観は、すごい勢いでコミカライズやアニメ化が決まり、今や国民的人気を誇っている。

「そ、そりゃ、『ちい×CAR』を使えたら言うことないですけど……」

「でもあの大人気の『ちい×CAR』ですよ？　コラボなんてなかなか……」

「それに、予算もあるし……」

人気があるキャラクターの場合、当然ながらライセンス費用が高額になる。ナナトリーの提示している金額内で収まるかという心配があるため、皆が困ったように顔を曇らせていると、郷田はスッと自分のスマホを取り出した。

「実は作者のアキタさんは、俺の高校の同級生なんです。今でも親交がありますので、友人の誼《よしみ》で便宜を図ってくれるかもしれません」

言いながら、長い指を優雅に動かしてスマホを操作し、電話をかけ始めた。

（え、今？）

まだ我々との話の途中なんですが？　と周囲がポカンとする中、郷田が電話の向こうの相手と話し出した。

「――あ。秋田《あきた》？　久しぶり」

（えっ⁉　秋田⁉　アキタって、作者の⁉）

まさかいきなり作者本人に電話で突撃をかけるとは思っていなかった一同は、郷田のフットワークの軽さに仰天しながらその様子を見つめる。

「おお、そう、武《たけし》。元気しとる？　うん、うん。はは、俺も元気。そうだな、金沢《かなざわ》帰ったらバスケ部のみんな呼んで、また呑もうぜ」

地元の友人だと言うだけあって、とてもフランクな話し方だ。方言が交じっているのが耳に新鮮だった。

「おお、ほれで、用件なんやけど。コラボやってよ。うん。いや、まだ企画段階なんだけど。ナナトリーのペットボトルにつけるノベルティにさ、お前の『ちい×ＣＡＲ』使えたら嬉《うれ》しいんだよね。……あ、いい？　サンキュ。じゃあ後で詳細送るわ。それでさ、ライセンス料なんやけど……、あ、本当？　助かるわ、マジで。はは！　分かっとる。帰ったら絶対連絡するわ、うん」

手短かに電話を切ると、郷田がにっこりと微笑んで言った。

「はい。これでアキタさんからの許可はいただきました。日本折り紙協会の会長である尾《お》形《がた》先生にも、俺の方から事前に連絡して許可を得ています。あとは、皆さんが動くだけですよ」

サクッと新しい道を提示されて、メンバーがワッと歓声を上げた。

「うぉおおおお！　郷田さん、すげー！」

「できるかも！　本当にできちゃうかも⁉」

「できるできる！　何からやる⁉　和紙だ！　リサイクル和紙！　岐阜のメーカー調べて！」

「ヒットしました！　十二件あります！」

「その中で耐水性のある和紙を作ってるところを絞ってリストアップ！　そしてメールして！」

「私は折り紙協会の方に、コップの形を作れるか聞いてみます！　郷田さん、尾形先生に連絡取ってもらっていいですか⁉」

「もちろんです」

「郷田さん、アキタさんのメールアドレス教えていただいていいですか⁉」

「はい」

絶望から一転、郷田の提案によって息を吹き返したプロジェクトチームの様子を見ながら、茉美は愕然《がくぜん》としていた。

あれほど落ち込み、パニクっていたメンバーをあっと言う間に落ち着かせ、やる気を再燃させた郷田に比べ、自分は何をしていたのか。

倒れかけた上、郷田に介抱されて、パニックを起こすメンバーを宥めることもできずただ茫然自失していた。

（……私、何をやっているの。なぜただ見ているだけなの？　他社に計画案を盗まれたのは、チームリーダーである私の責任でしょう！　私がやらなくちゃいけない仕事なのに！）

自分の不甲斐なさに、悔し涙が込み上げる。

（私、こんなに弱い人間だった？　さっきだって、私、無意識に郷田くんを頼ろうとしてた……！）

郷田は取締役だが、企画部の人間ではない。

本来は彼の仕事ではないのに、郷田はメンバーを絶望から救い上げて、さらにやる気にまで火をつけてくれた。

——腑抜《ふぬ》けてしまっていた自分の代わりに。

いつの間に、これほど彼に甘えるようになっていたのだろう。いつの間に、これほど寄りかかってしまっていたのだろう。

私生活だけでなく、仕事においてまでも、郷田を頼ってしまっている自分が、泣き出したいほど情けなかった。

だが泣いてどうする。

今自分がやるべきことは、皆と同様、新しい企画を全力で作り上げることだ。

茉美は歯を食いしばって深く息を吐くと、キッと顔を上げた。

「よし、やろう！　みんな、絶対に間に合わせましょう！」

茉美の大声に、メンバーが顔を輝かせて頷いた。

「はい！」

＊＊＊

プロジェクトメンバーが再び動き出したのを確認し、郷田はその場を離れようとした。

すると茉美に腕を摑まれて足を止める。

「郷田くん」

真剣な顔でこちらを見上げる彼女の目に、いつも浮かんでいる甘さが全くなくなっていることに気づき、郷田はわずかに眉根を寄せた。

「茉美さん?」

「ちょっと、こっちに来て」

固い声でそう言って、茉美は郷田の腕を取って人気のない方へ引っ張っていく。

その強張《こわば》った横顔に、郷田は心配が募るのを感じた。

何か不安なことがあるのだろうか。

(それなら、俺が取り除いてあげなくては)

茉美のために、できる限りのことをしてやりたい。

今はナナトリーのコンペまでに、彼女がやりたいことを思い切りできるように、最善を尽くすのが今の自分にできることだ。

(それを、あの女が……)

今回の壱光のプロジェクト案盗作の犯人には目星がついている。

黒田の言った通り、犯人は社内の者である可能性が高い。

ならばその動機は、金か私怨か。

(『壱光』は大手だが、社員に対する待遇が良いという噂《うわさ》はない)

それどころか、安い給料でこき使われるとか、残業代が出ないとか、ブラックな噂が多いところだ。最近では資金繰りのためにいろいろ誤魔化しているらしいという話を、前職の同僚から聞いていた。

(そんな企業が、うちの計画案を盗むために高額を支払うわけがない)

となれば、私怨の線が濃厚だ。

このリアル・プランニングでそんなことをしそうな人物はたった一人。

無論、園部だ。

園部には派遣会社を通して、リアル・プランニングでの雇用を今月末で打ち切ると伝えてあった。すると翌日には社長室に乗り込んで抗議してきたらしいが、社長は相手にしなかった。

『ウチでの君の言動は目に余るものがある。申し訳ないが、証拠と共に派遣会社の方に提出済みだ。派遣会社の方から連絡があったはずだろう?』

社長の言葉に、園部は泣き真似をしたらしい。

『そんな、私の方こそひどいことを言われて虐《いじ》められたんですよ！　これはモラハラです！　訴えます！』

これにはさすがの社長も呆《あき》れ果てたようだ。

『訴えるならご自由に。うちも弁護士を立てるので、そちらもそのように。……その費用を用意できるのであれば、だが』

そう言ってやると、園部は腹を立てて社長室を出て行った。その後、数日は大人しくしていたが、茉美に難癖をつけて企画部メンバーと衝突した日を最後に、無断欠勤をするようになったため、月末を待たずに解雇することになった。

リアル・プランニングの入っているオフィスビルは、エントランスには誰でも出入りできるが、オフィスへ行くためのエレベーターに乗るためにカードキーが必要である。

社員一人一人が個別のカードキーを所有しており、契約社員の園部にも一つ渡してあった。それを返却するように、本人にも派遣会社にもメールをしてあるのだが、未だに返却される気配はない。

無論、無断欠勤した翌日から園部のカードキーは無効となるよう手続きを取り、現在は使えなくなっている。

（だがあの女がこのオフィスに侵入できた日が一日だけあった）

それは無断欠勤をする前日である。茉美にイチャモンをつけた後、オフィスを飛び出し、そのままどこかへ行って帰ってこなかったらしいが、皆が帰ってしまったオフィスに忍び込むことは可能だったはずだ。

（おそらく、もうこの会社に出勤しないつもりで、私物を取りにきたのだろうが……）

その時に、解雇されたことへの腹いせに何かしてやろうと考えたのではないか。

プロジェクトチームの使っている共有クラウドには、社員のＩＤを打ち込めばアクセスできるようになっているから、まだリアル・プランニングに在籍していたその日であれば園部にも閲覧できる状態だった。

このビルのセキュリティシステムを担っている管理会社に連絡し、カードキーが使われた時間を調べてもらっているが、十中八九犯人は園部だろう。

だがそれを突きつけても、社員として在籍していた期間である以上、園部を何かの罪に問えるわけではない。

さらには、『壱光』に情報を売ったのが事実だとして、コンペでそれを証明するのは非常に難しい。

そもそもナナトリーは良い企画案を欲しているのであり、その案に辿《たど》り着くまでの経緯を欲しているのではない。企業同士が水面下でどんな争いをしていようと関心はないだろう。

　おそらく園部はそれが分かっていて逃げたのだ。

　リアル・プランニングを辞め、派遣会社との契約も切る覚悟さえあれば、逃げてしまえばこっちのもの、というわけだ。

（……だが、そうはさせるか、ばかが）

　ここまでこの会社と、何より茉美に迷惑をかけておいて、郷田がタダで済ませると思ったら大間違いだ。

（お前は社会的にも経済的にも破滅させてやる）

　冷たい怒りに満ちた誓いを心の中で立てながら、腕を引く茉美に従順について行くと、彼女はオフィスを出てエレベーターの近くにある自動販売機の前までやって来た。

「どうしたんですか。何かあったんですか？」

　彼女のことが心配で訊ねると、茉美は苦しげな表情で顔を上げる。

「今日は、ありがとう。郷田くん。あなたがいてくれなかったら、どうなっていたか分からない」

　彼女のその表情を見て、郷田の中に妙な不安が込み上げる。

『ありがとう』と言われているのに、なぜか『ごめんなさい』と言っているような表情だった。

「いや、そんな……ことは」

なぜ彼女がそんな顔をするのか分からず、郷田は言葉に詰まった。

(プロジェクトの件は、確かに当初の案はダメになったが、あの代案でも十分に実現可能だから、提出できる内容が作れるはずだ)

確かに期限まで八日間しかないが、要であるキャラクターと日本折り紙協会の許可を取る手間がない分、一気に内容を進められる。大変だが、間に合わせられない仕事量ではない。

それを理解できない茉美ではないはずだが、と不思議に思っていると、茉美の大きな瞳が潤《うる》み始めた。

「えっ……茉美さ……」

まさか彼女が泣き出すとは思わず、郷田は盛大に狼狽《うろた》えてしまう。

(なっ、ど、どうして泣いているんだ⁉　何が悲しかった⁉　あっ、それともどこか体調が悪いんだろうか⁉　さっき倒れかけた時に、どこかぶつけたりした⁉)

オロオロと背中を丸めて彼女の様子を窺《うかが》っていると、茉美のバンビのような瞳から、ポロリと大粒の涙が転がり落ちた。

「あっ……」

それをもったいない、と本能的に思った瞬間、茉美が口を開く。

「ごめんなさい、郷田くん。しばらく、距離を置きたい」

郷田は心臓が止まった。

比喩《ひゆ》ではなく、本当に一瞬、心臓の鼓動が止まったのを感じた。

硬く、冷たく凍りついた心臓は、だが次の瞬間に再びドクドクと脈打ち始める。

――今度は速く、忙《せわ》しないリズムで。

「……どう、して……」

郷田はそう訊ねるのが精一杯だった。

頭の中が混乱していた。今まで生きてきて、これほど脳内がぐちゃぐちゃになったことはない。

なぜ？　どうして？　何がいけなかったのか？　俺を嫌いになった？

子どものような問いが文字になって脳の中を巡っている。

オルゴールのような変な音が身体の奥から響いていた。

崩壊しかけている郷田の情緒を他所に、茉美はハラハラと美しい涙を零《こぼ》している。

「あなたと一緒にいると……私、甘やかされて、どんどんダメになる」

「ダメに……」

呆然と鸚鵡《おうむ》返しをした。

甘やかされると、人はダメになるのか。

郷田は衝撃を受けた。自分は茉美をひたすら甘やかしたいと思っていたからだ。

（だが……俺は、本当はそれを望んではいなかったか……？　茉美さんがダメになってしまえばいいと、願ってはいなかったか？）

パニックを起こす自分の傍《かたわ》らで、ひどく冷静に自己分析する自分もいて、そう突きつけてくる。

郷田は茉美を甘やかしたかった。仕事で疲れた彼女を癒やしたかったし、彼女が全力で仕事に励めるようにサポートしたかった。

――だがそこに、本当に邪《よこしま》な願望はなかったか？

「さっきの状況でも、私、心のどこかであなたが助けに来てくれる、って期待していたの。チームリーダーの私がこの窮地《きゅうち》を救わなくちゃいけなかったのに……！」

ワッと泣き出す彼女に、郷田はどう声をかけていいか分からなかった。

（俺は……間違えたのか……）

郷田は己《おのれ》を振り返って、正直に認める。

——邪な願望は、あった。

茉美を愛している。彼女のためならなんだってしてあげたいし、でろでろに甘やかして、自分に依存させてやりたい。そうすれば、彼女にとって郷田がなくてはならない存在になって、ずっと一緒にいてくれると思っていたからだ。

郷田は心の底では、彼女を自分に縛り付けたかった、自分以外の誰の所にもいけないように、自分だけを信じて、自分だけを頼ってくれるようにしたかったのだ。

(俺は、茉美さんを、自分だけのものにしたかったんだ……)

自分の独占欲の結果が、今の茉美の涙だ。

苦しげに、辛《つら》そうに、彼女は涙を流している。

「……茉美さん……」

こんな彼女を、見たかったわけではない。

茉美を苦しめたかったわけではない。彼女に笑ってほしかった。

自分の腕の中で、幸せそうにしていてほしかったのだ。

「郷田くん、ごめんなさい……ごめんなさい……！　今は……あなたにひどいことを言ってしまう。あなたは何も悪くない。悪くないのに……」

嗚咽《おえつ》混じりに首を振る茉美を、郷田はそっと手を伸ばして止めた。

「謝らないで、茉美さん」

「……郷田くん……」

真っ赤で、濡れた瞳に、自分が写っている。

苦い笑みを浮かべたその男の顔は、ひどく間抜けに見えた。

「……悪いのは、俺なんです。あなたは何も悪くない」

「……っ、ちがうっ！」

ブンブンと首を振って否定する茉美に、郷田はフッと微笑む。

「違わない。あなたは悪くない。だから、そんなふうに泣かないで」

「ご……だ、くんっ……」

嗚咽が止まらない茉美は、もうまともに言葉を出せていない。

その小さな肩をゆっくりと撫《な》でながら、郷田はできるだけ優しい声で告げた。

「……距離を、置きましょう、茉美さん。あなたの言う通り。俺は……あなたをそんなふうに泣かせたかったわけじゃない。あなたを、幸せにしたいと思っていた。だから、間違っていたんです、俺が」

「そんなっ……わたっ、わたしっ、の、方がっ……！」

彼女が泣き、吃逆《しゃっくり》を上げながらなおも言い募ろうとするので、郷田は微笑みながらその唇を指で押さえる。

「じゃあ、二人とも間違っていたのかも。だから、距離を置きましょう。二人がいつもの自分を取り戻して、もう一度互いに向き合えるようになるまで」

郷田のセリフに、茉美がワッと泣き伏した。

おいおいと泣く彼女の背中を撫でて宥めながら、郷田は目を閉じて己の中の強欲な願望と戦った。

郷田の中の独占欲は、逃げようとする茉美を捕まえて、自分の家の中に閉じ込めてしまえと叫んでいる。

（……ダメだ。そんなことをすれば、茉美さんは余計に逃げていってしまう）

茉美は自立心が旺盛な女性だ。

誰かに頼ったり依存したりすることが苦手で、自分にそれを許さない。

自分の足で立ち、自分の足で人生を歩みたいという彼女の矜持《きょうじ》を尊敬しているし、誇《ほこ》らしいと思う。そして何より、彼女が大切にしているそれを、自分も大切にしたいと思う。

（――ならば、今は距離を置くのが最善だ）

思えば郷田は、茉美を自分のテリトリーに半ば無理やり連れ込んで、強制的に世話を焼いてきた。これまで全てを自分でこなしてきた彼女にとってみれば、郷田の甘やかしは、自分のペースを乱されることだったのだろう。

他者から与えられるものが良いか悪いかは、受け取った者が判断することだ。

それは間違った慈善行為とよく似ている。車を運転できない人に車を恵んでも、ただの邪魔なゴミにしかならない。

その人が何を必要とするのかは、その人をよく理解しなくては分からない。

郷田はそれをすっ飛ばして、彼女を自分の懐《ふところ》にしまい込もうとしていたのだ。

ようやく茉美の涙が止まるのを待って、郷田は彼女の両手を自分の手で包み込んで言った。

「待ちます。あなたが好きだから、俺は、あなたがもう一度、俺と向き合ってもいいと思えるようになるまで、ちゃんと待っています」

そこまで一気に言い切ると、郷田は茉美の目をじっと見つめた。

「だから、俺を捨てないでくださいね」

真剣に言ったのに、その瞬間、茉美がプッと噴《ふ》き出す。

「……もう、郷田くん！」

「俺は真剣ですよ」

「……もう！　……でも、うん。ありがとう。ワガママばっかりで、本当に、ごめんなさい。ちゃんと自分を立て直したら、もう一度郷田くんのところに戻るから」

その言葉を聞いて、郷田は心の中で盛大な安堵のため息をついた。

最後の一言を、どうしても聞いておきたかった。

「約束ですよ」

「うん。約束」

薬指を差し出すと、茉美がクスリと笑って、小さな指を絡めてくる。

この可愛い指に触れるのもしばらくお預けかと悲しくなりながらも、郷田は心の中で闘志を燃やした。

幸いにして、距離を置いている間にも、やらなければならないことはたくさん控えている。

恋人としての立場が据え置きになったとしても、この会社の取締役として、プロジェクトチームのサポートは続けるつもりだし、何より制裁を加えなくてはならない相手がいる。

（——園部。覚悟していろ）

郷田武という男は、愛する女性を苦しめた相手に、容赦はしないのだ。

第七章：郷田くんは愛したい

——八日後。

プロジェクトメンバー全員が固唾《かたず》を呑《の》んで見守る中、茉美《まみ》は送信ボタンをクリックした。

「——送信！　よし！　これで完了です！」

茉美のその言葉と同時に、皆から悲鳴のような歓声が起こる。

「わー！　やったーー!!」

「うおぉおおおお！　間に合ったぁあああああ！」

「やりました！　やり切りましたね、茉美さん！」

「俺らすごくね!?　本当に間に合わせたよ！」

きゃー、わー、という雄叫《おたけ》びにも、茉美は今日だけは注意しなかった。

なぜなら、コンペのプロジェクト案が完成し、無事にナナトリーに送ることができたからだ。無論、社長と取締役である郷田《ごうだ》のチェックは通過している。

茉美自身も、叫び出したくなるような高揚感と、泥のような疲労感の両方を感じていた。

「みんな、本当にお疲れ様！　みんなが頑張ってくれたおかげで、なんとかやり切ることができました！　本当にありがとう！」

茉美が立ち上がって頭を下げると、渡嘉敷《とかしき》がガバッと腕を広げ抱きついてくる。

「茉美さ〜〜〜ん！　何言ってるんですか！　ここまで来れたのは、茉美さんのおかげですよ！」

渡嘉敷は目尻に涙を浮かべている。

その肩をヨシヨシと撫《な》でていると、黒田《くろだ》もブンブンと腕を振り回しながら力説してきた。

「そうっスよ！　最初の案が完成間近で別案になった時、正直もう頑張れないって思いましたけど、茉美さんが発破かけてくれたおかげで頑張れましたもん！」

「黒田くん……」

「ですよ～！　一番頑張ったのが茉美さんだって、みんな知ってます！　小さい身体でパワフルに動き回る後ろ姿見て、私もやらなきゃって思ってました！」

「芽夢《めむ》ちゃんまで～！　ありがとう……！」

メンバーからの温かい言葉に涙がじわりと込み上げる。それくらい、今回のプロジェクトはキツかった。一度目の案で進めることができていたら、これほど苦労はなかった。

一度目の案と同じだけのクオリティのものを、三分の一の期間で仕上げなくてはならなかったのだ。茉美のみならず、メンバー全員が最後の方はゾンビのようになって仕事をしていた。

「ほんっと、みんなのおかげ……！　ありがとう、ありがとう～！」

万感の思いを込めてもう一度礼を言うと、皆が一斉に「リーダー、お疲れ様でした！」と叫んでくれた。

「やめて～泣いちゃう～～」

冗談交じりに叫んだが本当に泣きそうだ。だがさすがに皆の前で泣くわけにはいかない。

茉美は瞬《まばた》きで涙を散らすと、「よっし！　今日は呑みに行くぞ～～！　私の奢《おご》りだ～！」と拳《こぶし》を突き上げて叫んだ。

これに乗って来ないメンバーではない。

「きゃ～！」

「やった～！」

「リーダー、太っ腹！」

長いマラソンを完走した気分で大騒ぎしていると、その声が社長室にも届いたのか、ヒヨイと社長が顔を覗《のぞ》かせた。

「お〜、終わったか〜！」

「社長！　迅速なチェックありがとうございました！　おかげさまで、無事にナナトリーに送信できました！」

茉美が言うと、社長は嬉《うれ》しそうに両手を突き上げて万歳のジェスチャーをする。

「バンザーイ！　お疲れ様でした！　みんな！　今日は社長が焼き肉を奢ります！」

その一声に、茉美の時の倍の声量で歓声が上がった。スポンサーが社長になると、予算が倍に跳ね上がるのだから当然だ。

「イエース！」

「やった〜！」

「JOJO苑〜！」

ゲンキンなメンバーに少々呆《あき》れながらも、茉美がくすくすと笑っていると、社長がススッと忍者のような動きで横に並んできた。

それがあまりにコミカルで、とても三十代の社会的地位のある男性のすることには思えず、茉美は胡乱《うろん》な目を向けてしまう。

「なんですか、社長……。不気味な動きしないでくださいよ……」

「ちょっと御前《ごぜん》、ひどくない？　俺社長なんですけど？」

確かに社長だが、どうにも緊張感や威厳が外に出てこないタイプの人なのだ。

「すみません、つい……」

あはは、と笑って誤魔化せば、社長は唇を尖《とが》らせていたが、いきなりピッと指でこちらを指してきた。

「お前は焼き肉連れてかな～い」

「え」

茉美はギョッとしてしまった。なんだそれは。まさか今の発言で拗《す》ねたから、その報復だろうか。だがやり方が少々幼稚ではないか。

「ちょ、ひどくないです？」

私だってプロジェクト頑張ったんですけど⁉ と食ってかかると、社長はブンブンと顔の前で両手を振ってみせた。

「おいおい、勘違いすんなって。イジワルで言ってるわけじゃないよ。お前は俺たちと焼き肉に行ってる場合じゃないってことよ」

「は？」

意味深なことを言われても見当が付かず首を捻《ひね》っていると、社長は「アレ？」と同じように首を捻った。二人で鏡合わせのような動きをしている。なんだこれ。

「園部のこと、聞いたんだろ」

「え、ああ、はい……」

その名前に、胸に苦いものが込み上げつつ、茉美は頷《うなず》いた。

結局、『壱光《イッコウ》』に情報を流したのは園部だったそうだ。システム部の小沢《おざわ》が言っていた通り、彼女の日頃の言動や職務怠慢を理由に社長に解雇予告された園部は、茉美や企画部メンバーとのいざこざもあり、その腹いせに夜のオフィスに侵入し、会社のパソコンを操作して情報を抜いたらしい。

ビルの管理会社からのカードキー使用履歴と、共有クラウドへのアクセス履歴から証拠が掴《つか》めたと社長から聞いていた。

だがその時にはすでに園部は無断欠勤のために解雇されていて、連絡のつけようがなくなっていた。園部は携帯も解約し、登録してある住所にも帰っていないらしく、彼女を派遣した派遣会社も連絡が取れなくなったそうだ。

『民事だと、相手に蒸発されると訴えても損するだけなのよ。欠席裁判になって勝訴しても、相手からはお金取れないわけ』

腹は立つけどな、と他でもない社長が肩を竦《すく》めて言ったので、チームメンバーは納得がいかないまでも、とりあえず事件は終結したのだとするしかなかった。

茉美的には、ストレスの原因がいなくなってくれたことでホッとしていたのと、仕事が忙しすぎてそんなことを気にしている余裕などなかったため、園部のことなどほとんど忘れかけていた。

(でも、このコンペで『壱光』が選ばれたら、ものすごく腹が立つと思うけど……)

それを想像してムカムカとしたものが胸に湧いてきたので、慌ててそれを振り払う。

「でもなんで園部さんのことが、焼き肉行けないことと関係が……?」

全く話が繋がらなくて、もう一度首を捻っていると、社長が呆《あき》れた顔になった。

「え、お前、本当に聞いてないの?」

「聞いてないって、何をです?」

そもそも誰から何を聞くというのか。自分は今の今まで仕事で手一杯だったのに。

「郷田が園部を見つけ出したんだよ」

「——え」

郷田、の名前に茉美の心臓がドクンと音を立てた。

距離を置きたい——そう告げて以来、彼とは会社で顔を合わせるだけの日々だ。

自分を取り戻したいという茉美の言い分を理解し、望む通りにしてくれているのだ。それを本当にありがたく思う反面、心の裏側では不安もあった。

（……こんな自分勝手なことを言う人間なんて、見捨てられてもおかしくない……）

郷田は何も悪くない。献身的なほどに世話を焼いてくれた。あれが郷田の愛し方なのだ。だが真綿で包み込むような彼の愛し方は、茉美の父親を彷彿《ほうふつ》とさせた。父も娘を大事にするがゆえに過保護になり、進む道の先の障害物を全て取り払うだけでなく、道そのものを潰してしまった。

父の行為が、愛情から来るものだと理解している。だが茉美は自分で選択したかった。自分の足で立ち、選び取る人生を歩みたいのだ。

郷田が好きだ。彼を、愛しているのだと思う。

けれど今のままでは彼の愛に溺《おぼ》れ、彼なしには満足に立つことすらできなくなるのでは——そんな恐怖に苛《さいな》まれてしまったのだ。

そうして自分から切り出しておきながら、いざ実際に距離を置かれると不安だなんて、身勝手な話だ。分かっている。

茉美は仕事に集中することで郷田の気持ちに報いようと、今の今までがむしゃらにやってきたのだ。

だから郷田のことはできるだけ見ないように、気にしないようにしてきたせいで、自分が仕事をしている間、彼が何をしていたのかを全く把握していなかった。

「ど、どういうことですか？　郷田くんが園部さんを見つけ出したって……」

見つけ出した、と簡単に言うが、行方不明になっていた人を探し出すのはそう簡単ではないだろう。警察や探偵といったその道のプロがやっても難しいのに、素人《しろうと》である郷田がホイホイとできるものなのか。

「言葉通りだよ。二日間有給をくれと突然言い出したかと思ったら、翌日には泣きじゃくってボロボロの園部を俺のところに連れてきた」

「ふ、二日で……？　泣きじゃくってって……」

社長が「ははは」と乾いた笑い声を立てて肩を竦める。

「園部、俺のこと裏組織のボスかなんかと勘違いしてる感じだったわ。鼻水も涙も盛大に出まくったぐちゃぐちゃの顔で土下座されて、『働いて必ず賠償金を払います。ですからお願いだから殺さないでください！』って言われてさ～」

「こ、殺……？」

思わず疑いの眼差《まなざ》しを向けてしまったが、社長は「殺すわけねえだろ！」とツッコミを入れてきた。

「まあ、郷田が何を言ったか知らんけど、法に触れることはしてないだろ。あいつも法学部だから詳しいし。……ギリギリのことはしてるかもしれんけど」

ギリギリのことはしてるのか。

「とにかくまぁ、これで賠償金を請求する相手が戻って来たんだから、弁護士に手続きしてもらってる。あ、入ってきた賠償金は、ボーナスの時にメンバー全員に振り分けるから。ま、雀の涙程度だけどね～」

「そ、それはありがとうございます……。でも、また逃げるんじゃ……？」

賠償金を支払うと言っても、一括で払えるわけではないだろう。となれば分割払いになる。あの園部が大人しく払い続けるとは思えなかった。

だが社長は「ね～」と同意してみせながらも、「大丈夫らしいよ～」と緩く笑う。

「郷田が園部の親も調べ上げてて、今回の事情を説明してあるらしい。園部はもう逃げようにも逃げられないってさ」

「ヤ……ヤク……」

「ザじゃないよ⁉　合法！　合法！　そして悪いのはあっち！」

茉美がアワアワと声を震わせて指摘しようとすると、社長がまたツッコんできた。

「そんなわけで園部っていう生き証人も確保できたし、『壱光』に情報を売った証拠も揃えて、ナナトリーの重役に話をつけた。結果、今回のコンペから『壱光』は除外されたんだ」

「――えっ？」

茉美は呆気に取られた。

「な、なんで、そこまで……」

今回の件で、皆が園部にも『壱光』にも腹が立っていた。

とはいえ、情報を盗むことに関して日本の刑法ではまだ罪にならないため、騒ぎ立ててもリアル・プランニングにあまり利益がない。園部には民法で賠償金を請求できるが、その額も弁護士費用で相殺される程度の額にしかならないだろう。

そういう事情から、皆怒りをやり過ごすことで納得できていた。

リアル・プランニングの取締役とはいえ、郷田がそこまでする理由が見当たらないのだ。

社長は横目で茉美の顔をチラリと見ると、また前に向き直りフスっと笑う。

「『大切な人が受けた理不尽の落とし前はきっちりつける』んだってさ。全部、お前のためなんじゃないの？」

「――――」

茉美は言葉を失った。

（そんな……）

郷田は無駄なことをするタイプではない。

頭が切れ、効率的に物事をこなす能力がある人ならではの傾向だ。損得を冷静に勘定して目標を定め、そのための最短コースを歩むことができる人なのだ。

園部を見つけ出し、『壱光』からコンペティション参加権を剥奪《はくだつ》する、ということは、リアル・プランニングにとってはさほど利益があることではない。園部から取れる賠償金額はたかが知れているし、『壱光』に関しては訴えたところで罪にすら問えないのだから。

その上、見つかるかどうかも分からない園部の捜索に時間と労力を使わなくてはならないし、ナナトリーに『壱光』の不正を訴えても逆にリアル・プランニングへの不信に繋がる可能性だってある。たとえそれが不正の暴露《ばくろ》であったとしても、『告げ口』という形を嫌う人種はこの世には存在するからだ。

こんなに面倒なことを、そして成功率の低い賭けを、郷田がするなんて、普段の彼からは想像がつかない。

（……でも。それでも、郷田くんは私のために……）

そのことが嬉しいのかどうか、正直よく分からない。

茉美にとって園部のことは終わったことだったし、賠償金なんて頭にすらなかった。『壱光』に関しても、コンペで『壱光』が勝ったら腹が立つだろうなとは思っていたが、報復までは考えてない程度だ。

自分はあまりこだわっていないことだったせいなのだろう。欲しくなかったものを差し出されて、困惑する時の気持ちとよく似ていた。

——でも、と茉美は顔を上げる。

（……考えてみれば、私たちは最初からそうだったのかも……）

郷田の愛し方と、茉美の愛し方は、それぞれに違う。

別の人間なのだから当たり前だ。全く同じ価値観の人間などいるわけがないのだから。

持って生まれた性格や身体的特徴、そして育った環境が違うのだから、価値観のほとんどが合わなくても不思議ではない。

（……だからこそ、擦り合わせをしなくちゃいけなかったのに）

価値観の違う他人同士が寄り添おうとするならば、互いを理解し合って、価値観にも折り合いをつけなくてはならない。そうして二人の間での新しい価値観を構築していかなくては、二人で幸福になる未来はないのだ。

郷田と茉美は、それをしてこなかった。

全てを与えようとする郷田に戸惑いながらも、茉美はそれを受け入れてきた。

だが二人の未来を望むなら、それに異議を唱えるべきだった。

恋人を自身の懐《ふところ》に入れて、十重二十重《とえはたえ》に包んで守ろうとする郷田のやり方が、息苦しいのだと訴えなくてはならなかったのだ。

訴えて怒る郷田ではない。彼はちゃんと茉美の言うことを尊重してくれるし、話も聞いてくれる。だから、双方の意見を出し合って折衷案を出す、というやり方ならば、きっとその先を二人で歩んでいけるはずなのだ。

（もう一度、できるかな、私たち……？）

茉美はごくりと唾を呑む。

――できるはずだ。

郷田のことが好きならば。

郷田と一緒に、この先の人生を歩んでいきたいのならば。

（できるよね、郷田くん）

心の中で愛しい人に呼びかけると、茉美は社長に言った。

「行きます。私。みんなには、行けなくてごめんって言っておいてください！」

「お～、アオハルじゃん～！　いいねぇ！」

意を決して駆け出す茉美を、社長がニヤニヤしながら見送ってくれたのだった。

＊＊＊

熱いシャワーを頭から浴びながら、郷田はため息をついた。

（――そろそろ、打ち上げに行く頃だろうか）

ナナトリーのコンペティションの期日は今日だ。

数時間前にプロジェクトチームからメールが来て、企画案ができたからチェックをしてくれと言われた。外回りから直帰予定だった郷田は、出先で即座にチェックをすると、OKの返事をし「お疲れ様でした」という言葉を添えた。

（企画案の内容は完璧だった。さすがは茉美さん……！）

よくぞあの短期間でこれほどのクオリティのものを仕上げられたな、と感心させられたと同時に、彼女ならばできるとも確信していたから、とても誇《ほこ》らしかった。

（これでうちが選ばれなかったら、ナナトリーの見る目がないということだ）

競合相手の『スペース・キューブ』は太く広いコネクションが売りで、そのおかげで多くの依頼を請け負うことができているため実績は多いが、実際のイベントは雑さが目立ち、そのクオリティは中の下といったところだ。プロダクトデザインの企画だけクオリティが高いとは考えにくい。

そしてもう一つの『壱光』は競合前に潰してやったから、すでに選択肢にない。

ナナトリーの常務に、『壱光』のプロジェクト案の盗作を密告するには、根回しが必要だった。ナナトリー側とすれば、良い案を得られればいいだけの話で、競合会社同士の争いになど興味はないはずだ。

だが、会社とはいえ中にいるのは人間だ。感情もあれば、正義感だって存在する。

そういった人間の損得以外のものに訴えかけるのは、郷田の得意分野だ。メガバンクに勤めていた時には、それが仕事のようなものだったからだ。

新規顧客獲得において、どの銀行の条件にも大差はない以上、顧客からの信頼を得るのが最も効率の良い方法だった。信頼を得るには、その人の懐に入る必要がある。郷田はそれが得意だった。ある種の質問をいくつかすることで、その人の価値観や思考傾向を把握できる。郷田は会話の中にさり気なく取り入れることで顧客の為人《ひととなり》を理解し、その人に合った会話と行動をすることで、彼らからの信頼を得ていた。

郷田はまず、ナナトリーの常務の行きつけだというバーへ行き、偶然を装って同席した。あとはいつもの方法で常務の懐に入り込み、『壱光』の件を訴えたのだ。

（……常務の情報を得るのに少々苦労したが……）

常務の行動パターンを把握するために、少々昔のコネなど使った。高校時代の同級生がナナトリーの秘書室長を勤めているのだ。少々偏屈《へんくつ》な男だが、昔からとあるアニメの大ファンで、台湾《たいわん》でしか手に入らないというキャラクターの実寸大フィギュアを提供する代わりに、情報を流してくれた。ちなみに台湾には前職の同期が住んでいるため、彼に買って送ってもらうことになっている。

こうして各所に貸しを作ってしまったが、その程度で済んだのだから安いものだ。むしろこういう時に使うのがコネというものである。

（あのサイコパス女も、親が管理してくれているから問題ないだろうが……）

行方をくらませた園部の捕獲は、探偵に依頼した。餅は餅屋だ。

金はそれなりにかかったが腕の良い探偵だったようで、数日後には園部の居場所を特定してくれた。

園部は昔の交際相手の男の家に転がり込み、都内の水商売の店で日雇いで働いていた。

郷田は前もってその店の店長に話をつけに行った。「裁判」や「賠償金」といった言葉に、店側も面倒ごとはごめんだとばかりに、園部の捕獲に協力してくれた。

あっさりと捕まえた園部を連れて、まず園部の実家へ向かった。

履歴書から園部の個人情報の大半は把握できていたため、それを辿《たど》って実家はすぐに割り出した。

園部の両親は共に千葉《ちば》県在住の現役の小学校教諭で、想像通り、体面を気にする人たちだった。娘のしでかしたことが公《おおやけ》になれば大変なことになると焦《あせ》ったのだろう。郷田の話に顔面蒼白になり、土下座して謝ってきた。

園部は高校卒業後、東京《とうきょう》で友達と暮らすと言って出て行ったきり、帰ってきていなかった。それでも年に数回の電話があったため、無事であればと放任していたそうだ。

『今後娘はうちに連れ戻します。二度とこのような真似《まね》はさせませんし、ちゃんと働かせて賠償金も支払わせます。ですからどうか、このことを大っぴらには……！』

――こうして全ては郷田の目論見通りに進んだ。

（茉美さんに理不尽を強いた者たちに、正当な裁きを――）

これで気が済んだかと言われたら、否《いな》だ。

本当なら彼女に害をなした者たちなど、社会から抹消してやりたい。だが実際にそれができるわけではない。これが今の日本社会での限界だということは、郷田も理解している。

園部と『壱光』に制裁を加えたのは、完全に郷田の私怨だ。

リアル・プランニングのためでも、茉美のためでもない。

己《おのれ》の愛する人を蔑《ないがし》ろにした者たちを、許せなかっただけ。自分がスッキリしたかっただけの、非常に暴力的な衝動ゆえだ。

（……ばかな真似《まね》をした……）

制裁などという言葉で誤魔化しているが、傲慢《ごうまん》で、独りよがりな、意味のない行動だった。全てをやり終えた今、そう実感している。

社長にも、「お前らしくないな。どうしたよ?」と驚かれた。

それはそうだろう。これまで損得の計算をして動いていた郷田が、得がほとんどない上に、恐ろしく手間と時間がかかることをやっていたのだから。

だが、どうしてもそうしなければならなかった。

茉美を冒瀆《ぼうとく》した奴らを野放しにだけはしたくなかった。

「……俺は、やはりどうかしているのかもしれない……」

得がないと分かっていても、怒りの衝動のままに行動した自分が不気味だった。

郷田はこれまでの人生で、度を超した行動を取ったことがなかった。言ってみれば、想定範囲外のことをする必要がない人生だったのだ。

勉強も運動も、人間関係も、何も過不足はなかった。そこに郷田にとって重要なものなどなく、滞りなく全てが通り過ぎていった。

強いて言えば元カノの事件は想定外ではあった。自分が転職しなくてはならない事態に追い込まれたことは腹立たしかったが、とはいえそれで郷田の感情が動かされたかといえばそうではなく、元カノも、被害に遭った同僚も、ただ等しくどうでもよかった。

それなのに、茉美は違うのだ。

彼女は特別だ。それは出会った時から感じていたが、初恋だとかそういうふわふわした感情に誤魔化されて気づけないでいた。

(俺は、茉美さんのことになると、歯止めが利かない……)

時間や金といった物差しから計算する損得、この国の法律、常識と言われる不文律など、これまで自分の中で機能していた抑制が働かなくなってしまうのだ。

全てどうでもいい。

何もかもどうでもよくなるくらいに、彼女を好きになってしまっていた。

(思えば、茉美さんをこの部屋に連れ込んだ時もそうだった……)

彼女の意志などお構いなしに、丸め込み、半ば脅《おど》すようにして同居を承諾させた。

幸いにして彼女は嫌がってはいなかったが、その強引さが許されてしまった結果、自分の行動がエスカレートしていったのは分かる。

一緒に暮らして彼女の食生活を管理し、睡眠時間をチェックし、出社後は彼女の仕事量をチェックしてその疲労度を測って――彼女の生活の全てを把握することで、自分を安心させていたのだ。

『俺は彼女にとって必要な人間だ』、と――。

「……ものすごく気持ち悪いな……」

冷静になって振り返れば、純粋にそう思う。

茉美に『距離を置きたい』と言われたのは、当然だった。

あの自立心旺盛な茉美が、恋人とはいえ誰かに自分を管理される生活を、良しとするわけがないのだから。

彼女に『距離を置きたい』と言われてから、郷田は少し冷静になることができた。

『このままでは彼女に振られる』という焦《あせ》りが、自分を客観視させたのかもしれない。

「……俺の、こういうところがいけなかったんだろうな……」

今なら分かる。自己満足のために愛する人の全てを、自分の管理下に置こうとするなんて、まともな感覚ではない。

(サイコパスじゃないか……)

大学時代には、『聖タケシ』、『コミュ力の権化』などというあだ名をいただいたこともあるというのに、その実サイコパスだったなんて、笑うに笑えない。

(……一番笑えないのは、ここまで理解しているくせに、それでもまだ、茉美さんを諦められないことだ)

本当に茉美のことを想うなら、このまま彼女を解放してあげるのが最良で、最善の方法だ。なぜなら、独占欲と庇護《ひご》欲の権化のような自分と、自立心旺盛な彼女とでは、絶望的に相性が悪い。自分が愛せば愛すほど、彼女は逃げていくだろう。本当に最悪だ。

相性云々《うんぬん》の前に、自分がサイコパスだということも忘れてはいけない。大抵の人間にとって郷田の愛し方は受け入れ難いものだろうから。

自分が茉美の友達だったとしたら、「そんな男はやめておけ、やばいから」と助言している。間違いない。

「……だけど、絶対に、いやだ……」

茉美を手放すなんて。彼女がそばにいるだけで、幸せだと思った。彼女が自分の隣で寝息を立てているのを見るだけで、どうしようもない愛しさが込み上げた。自分の作ったご飯を美味しいと笑う顔も、仕事の後のくたびれた姿も愛おしかった。

『郷田くん！』

脳裏に自分の名前を呼ぶ彼女の声が響く。

茉美のいない人生を、この先歩んでいかなければいけないなんて、想像するのも嫌だ。そこには虚無《きょむ》しかないのが分かっているからだ。

彼女は自分と一緒にいない方が、幸せになれる。

もう答えは出ているのに、郷田は間違った答えにしがみつき、屁理屈《へりくつ》を捏《こ》ねてなんとか誤答を正答としようと、ここ数日足掻《あが》き続けている。

考え続けて夜も眠れないので、今日は仕事の後ロードワークに出てみた。

だが走っても走っても雑念は消えず、一時間走り続けたあたりで諦めて帰宅し、シャワーを浴びているところだった。

郷田はバスルームを出ると、濡《ぬ》れた身体の上にそのままバスローブを羽織り、リビングへと向かった。

「……今日も眠れないのかな……」

身体は疲れているのに、頭がずっと働き続けている感覚だ。

ぼんやりとしながらも、脳裏に浮かぶのは茉美の笑顔だ。

「ああ……茉美さんを抱きたいな……」

会いたいをすっ飛ばして、肉欲がダダ漏《も》れた。

だがまごうことなき本音だし、何より今この家には自分しかいない。

肉欲まみれの本音を漏らしたところで、誰に憚《はばか》る必要もないというものだ。

「茉美さんのおっぱいに顔を埋めたい……！　柔《やわ》らかい太腿に齧《かじ》り付きたい……！　キスもめちゃくちゃしたい！　ああああああ抱きたい！　無茶苦茶にしたい！」

郷田は叫んだ。

もう何日彼女に触れていないのだろう。一緒に暮らしていた数週間、手を伸ばせば触れられる距離にいたというのに、今では彼女の匂いを嗅《か》ぐことすらできない。

いろいろ限界突破して欲望を垂れ流す郷田の耳に、コホンという小さな咳払いの音が聞こえた。

驚いて音の方を見ると、リビングのドアがわずかに開いていて、その隙間に気まずそうな表情で立つ茉美の姿があった。

「……………え、ええと……」

「あれ、俺、茉美さんに会いたすぎて、幻覚見ているのかな……？」

今見ているものが現実とは思えず、郷田は呆然《ぼうぜん》とした口調で言った。

そうだ。彼女のはずがない。

なぜなら、彼女は郷田のサイコパスぶりに逃げ出していったのだから。

彼女があの時『ちゃんと自分を立て直したら、もう一度郷田くんのところに戻るから』と言ってくれたが、自分を立て直して冷静になった彼女がサイコパスのことを選ぶとは思えない。

サイコパス当人である郷田がそう思うくらいなのだから、間違いない。

郷田の独り言に、茉美は大きな目を丸くした。

「げ、幻覚じゃないです……」

「幻覚じゃない？　本当に、茉美さんなんですか⁉」

郷田は驚いてソファから立ち上がり、茉美のところに駆け寄ろうとして、ハッと我に返る。思わず欲望のままに彼女を抱き締めるところだった。危ない。

（……ダメだ、今茉美さんに触れてしまえば、絶対に箍《たが》が外れて襲いかかってしまう……！）

茉美に関しては、郷田の欲望は底を知らない。

彼女の意志を無視して無茶苦茶に抱き潰す可能性は、十分すぎるくらいにあるのだ。そんなことになれば、もう目も当てられない事態になるに決まっている。

（が、我慢だ、俺……！）

茉美を諦めたくない。どうしたって、諦められない。

だとしたら、郷田にできることはたった一つ。

己の欲望を抑えることだ。

茉美の全てを把握し、管理して、自分の手の中でしか生きていけないように囲い込みたいという異常なまでの庇護欲を、抑え込まなければならない。

そして茉美に、自分がそれを抑制できるようになったのだと分かってもらわなくては、もう一度受け入れてはもらえないだろう。

中途半端に腰を浮かせた体勢でギシリと固まった郷田に、茉美は小さく首を傾《かし》げながらも、リビングの中に入ってきた。

「あの、ごめんね。ドアホン鳴らしたんだけど、出なくて……。前にもらった合い鍵を使って入ってきちゃった……」

申し訳なさそうに言われて、郷田は慌てて首を横に振る。

「それは全然構いません！　……すみません、シャワーを浴びてたので、気づきませんでした」

シャワーを浴びていたからというよりは、考え事をしていたから音が聞こえなかったのだろう。

そう言った後、なんとなく言葉が続かなくて、シンと部屋に沈黙が落ちた。

郷田はその間、ボーッと茉美の姿を見つめていた。

会社から直接来たのだろうか。サマージャケットとパンツという彼女の通勤スタイルらしい格好だ。郷田は外回りで出社していないから、今日彼女の顔を見るのは初めてだった。

（ああ、可愛いな……）

久々にこうしてまじまじと彼女の顔を見つめている。

『距離を置きたい』と言う宣言以来、郷田はなるべく彼女の姿を視界に入れないようにしていた。見れば触れたくなってしまうからだ。

（……白い頬が、少しピンクになっていて、桃みたいだな。舐《な》めたら甘そうだ）

そんなことを想っていると、無意識に彼女の方へ手を伸ばしていて、茉美が驚いたように郷田の右手を見つめている。

「あっ、す、すみませんっ！」

（何をしているんだ、俺は！）

心の中で自分を盛大に叱咤《しった》して引っ込めようとした手を、茉美が摑《つか》んだ。

「えっ」

「……いいよ、触って」

自分のけしからん肉欲への、他でもない茉美からの許しの言葉に、郷田は仰天して息を止めた。愚《おろ》かな心臓は、ドキドキドキドキと早鐘を打ち始める。

「い……いいよって……」

狼狽《ろうばい》しすぎて吃《ども》ってしまっていると、茉美が上目遣いでこちらを見上げた。

バキュン、と心臓を撃ち抜かれる。死んだ。もう死んだ、理性が。

そう思ったが、死んでいる場合じゃない、

(俺の理性。生きてその職務を全うしろ)

このままでは茉美に振られてしまう。

「触っていいよ?」

「待って。茉美さん、待って……」

郷田は両手で顔を覆《おお》ってその場にしゃがみ込んだ。

「郷田くん?」

「待って茉美さん、俺、やばいんです。茉美さんの供給不足で、今、理性が瀕死なんで、マジで今触ったら、マズイ……」

「理性が瀕死……」

郷田の支離滅裂な言動に、茉美がポツリと鸚鵡《おうむ》返しをする。

その声がまた可愛くて、郷田は泣きたくなった。

可愛い。どうしてこんなにこの人は可愛いんだろう。茉美の全てが可愛くて、愛おしい。

それなのに、どうして触れることができないのか。

(……全部、俺が悪い。俺がサイコパスだから。俺が、欲望を制御できない、情けない人間だから……)

様々な感情が込み上げる。自分への叱咤、憐憫《れんびん》、呆《あき》れ、そして茉美への尽きぬ恋情——。

全ての想いがごちゃ混ぜになって膨れ上がり、決壊して溢れ出す。

「……俺、ダメなんです。茉美さんが、自分でなんでもできて、自分でなんでもしたい人だって分かってるのに、俺がやってあげたくて仕方なくなる。俺だけを見て、俺だけのことを考えてほしいって思ってしまう。あなたの全部が欲しいんです。あなたの髪一筋、思考の一欠片《かけら》だって、誰にも渡したくない。あなたの全部、俺が持っていたいんです。……こんなの、どうかしてるって分かってる。サイコパスだ。分かってるから、我慢しなきゃ……俺、我慢したいんです。あなたを失いたくない。我慢します。だから、どうか俺を捨てないで……」

顔を覆ったまま、郷田は心の裡《うち》全てを吐露《とろ》した。

恥ずかしい、情けない、泣きたい。

自分がいかに愚かで恐ろしいサイコパスなのかを、よりによって一番知られたくない茉美に曝《さら》け出している。

だが、言わなくてはいけないと思った。

彼女には、それを知る権利があるのだから。

(俺がどんな人間なのかを知って、そして去っていく権利が、茉美さんにはある)

逃げてくれればいい、と半ば諦めた気持ちで思った。

いっそのこと、彼女自身の手で終わりにしてくれれば、自分はきっと諦めがつく。それが彼女にとっての幸せなのだと。

自分のような恐ろしい男より、彼女に自由を与え、彼女の尊厳を守ったままそばにいてくれる包容力のある男の方が、彼女に相応《ふさわ》しい。

そう覚悟したのに、いつまで経っても彼女が去る気配がない。

それどころかしゃがみ込んだ郷田を包み込むように抱き締めてきた。温かく柔らかい彼女の感触に、強張《こわば》っていた身体から力が抜けていく。

「捨てないよ」

「……茉美さん」

郷田はおそるおそる顔を上げた。死ぬほど恋しい彼女の笑顔が、すぐそばにあった。

「捨てないよ。郷田くんのこと、大好きだもん。捨てるわけない。……そもそも、捨てられるのは私かもしれないって、ここ来るまで怖かったんだよ」

茉美はおかしそうに笑って、ふう、と一度ため息をつく。

「あのね、私たち、きっと話し合いが足りなかったんだと思う」

茉美の言葉を、郷田は黙って聞いていた。

聞くべきだと思った。彼女の声を、彼女の言葉を。

「これからは、もっともっといっぱいいろんなことを話そう。何が好きで、何が嫌いか。楽しいことを一緒にやって、嫌なことも一緒にやろう。郷田くんは、全部やろうとしないで。私だって、郷田くんにしてあげたいことといっぱいあるの。そうやっていくうちに、きっとぶつかることだってあるの。その時に、逃げたり避《さ》けたりするんじゃなくて、踏みとどまって一緒に考えよう。どうやったらぶつからずに進めるか。二人でこの先を歩いて行く方法を、見つけていこうよ」

そこで一度言葉を切ると、茉美はニコリと微笑んだ。

「だって私、郷田くんと、この先もずっと一緒に生きていきたいから」

「――茉美さん……！」

感極まって、郷田は茉美を掻き抱いた。

腕の中の茉美の匂いや体温に、心の底から安堵が込み上げる。

「ああ、良かった……良かった、俺、あなたを失うかもって……！」

もっと彼女の存在を確かめたくて、小さな頭に頬擦りしながらぎゅうぎゅうと抱き締めていると、茉美がペチペチと郷田の胸を叩《たた》いた。

「ご、郷田くんっ、苦しい！」

「あっ、す、すみません！」

謝って腕の力を緩めたものの、郷田はサッと茉美を横抱きにして立ち上がる。

「ヒェッ」

急に視界が高くなったせいか、茉美が悲鳴を上げた。

「ご、郷田くん⁉」

「はい」

「ど、どこに行くの⁉」

「寝室です」

「ちょ⁉　今の話聞いてた⁉　話し合いは⁉」

茉美がポカポカと肩を叩いてきたが、全く痛くない。可愛いだけである。

郷田は文句を言う茉美を無視して寝室へ行くと、ベッドの上に彼女を下ろしてその目を覗《のぞ》き込む。

茉美は「もう！」とプンプンになっていたが、郷田の真剣な眼差《まなざ》しに息を呑んだ。

「あなたの言う通りです、茉美さん。もっとたくさん話し合いましょう。お互い、過去にあったことに対して何を考えていて、今どんなふうに感じていて、未来をどうしていきたいかを。あなたと生きるための道を、俺は選びたい。俺がやりたいことと、あなたがやりたいことを擦り合わせて、一緒に生きていきたい」

「……郷田くん……！」

茉美は感極まったように声を詰まらせたが、すぐに「ん？」と首を傾げる。

「ねぇ、うっかり感動しちゃったけど、話し合うって言っておいて寝室に連れ込むってどういうつもり？」

「……話し合いをしようと思って……。俺はあなたを抱きたい。もう限界なんです。あなたは？」

訊ねると、茉美は一瞬怒ったように眦《まなじり》を吊《つ》り上げたが、すぐに目を閉じてため息をつく。

「──意義なし。私も、あなたに抱かれたい」

最高の返事に、郷田は目を細めてゆっくりと最愛の人をベッドに押し倒した。

洋服を脱がせるのももどかしく、引きちぎるような勢いでジャケットをすっ飛ばして中のカットソーをたくし上げると、茉美から焦《あせ》ったような声が聞こえる。

「待って待って、服が破けちゃう！　脱ぐから！　自分で脱ぐから！　これお気に入りなの！　破かないで！」

茉美のお気に入り、という言葉で、郷田はようやく動きを止める。

（……茉美さんの……お気に入りを、破いては、ダメだ……）

頭の中でカタコトのように確認する間も、フーッ、フーッ、と荒い呼吸は止まらない。

欲望に全集中である。

郷田のその呼吸に顔を引き攣《つ》らせつつも、茉美は手早く着ている物を脱いでくれた。

（……白い……柔《やわ》らかそう……甘そう……）

久しぶりに見る彼女の生肌に、ごくりと生唾を呑んだ。

服の下から現れたのは、薄い紫色のブラジャーとショーツだ。白い肌に、優しいラベンダーカラーがよく映える。彼女はいつも上下お揃いで身に着けることを、郷田は一緒に暮らす中で知った。

茉美は少し恥ずかしそうにしながら、肩紐を指で摘まんで「……下着も脱ぐ?」と訊いてきた。

下着を着たまま彼女にむしゃぶりつきたい衝動をグッと堪《こら》え、郷田は無言で頷《うなず》いた。

いつもならそれを脱がせるのも非常に楽しいのだが、生憎《あいにく》今は全く余裕がない。

「すみません、その可愛い下着、引きちぎってしまうと思うので」

「ひきちぎ……?」

茉美は唖然《あぜん》としながらも、手早く下着も脱ぎ去ってくれた。

「茉美さん……！」

生まれたままの姿になった彼女を目で犯しながら、郷田は自分も着ている物を剥《は》ぎ取るように脱ぎ去り、彼女の上に覆い被さる。キスをしながら彼女の身体中を弄《まさぐ》り、手のひらで肌の柔らかさを堪能した。

（ああ、茉美さん、茉美さん、茉美さん、茉美さん……！）

ずっとキスしたかった。ずっと触れたかった。ずっと感じたかった。ずっと、抱きたかった。頭がおかしくなるほど、彼女に飢《う》えていた。

「あなたが恋しくて、気が狂いそうでした……！」

キスの合間にそう囁《ささや》くと、茉美が困ったように眉を下げて微笑んだ。

「大丈夫、もうここにいるから」

「……ずっとですか？」

「うん。ずっといる」

「俺が死ぬまでですよ。いや、死んでも。来世でも、俺のそばにいてください」

「お、重いな……？」

またもや引き攣った笑みを浮かべている茉美に、郷田は笑っていない笑顔を作る。

「重いですよ。俺の愛は濃いんで。でも他じゃもう満足できないと思います」

絶対に逃さない、という意志を込めて宣言すると、茉美はフッと苦笑を零《こぼ》して、郷田の頰を両手で包んだ。

「もう、とっくにそうなってる。私、あなたじゃなくちゃダメみたいだもの」

その言葉にまた感極まりそうになった。

喉の奥が熱くなるのを執念で堪えると、郷田は彼女にキスをしてから、その華奢《きゃしゃ》な肢体をうつ伏せにひっくり返す。涙目になっているのを、なんとなく彼女に見られたくなかった。セックスしようという場面で涙目の男はさすがに格好がつかない。

「ご、郷田くん？」

戸惑う彼女に「すみません、余裕がなくて」と半分本当の言い訳をして、彼女の丸い尻を両手で撫《な》でる。スベスベでずっと撫でていたいけれど、郷田の郷田くんが文字通り勃《た》っていてそれどころではない。早く彼女の膣内《ナカ》を味わいたくて堪《たま》らないのだ。

とにかく急げ、と肉欲が指示するがままに、郷田は素早く避妊具を被せる。これでいつ挿入しても大丈夫だ。

郷田はうつ伏せになった彼女の膝を立てる。四つん這《ば》いの格好だと、茉美の密口がよく見えた。きれいな桜色で、しっとりと湿っているのが分かって嬉しくなる。まだそこに直接触れていないけれど、もう感じてくれているのだ。彼女が自分と同じくらい求めてくれているのだと思えて、幸福感が胸に広がっていく。

するりと割れ目に指を這《は》わせると、愛蜜で指がぬるりと滑った。それを潤滑油にして、彼女の最も感じやすい肉粒を捏ねてやった。

「んっ、あ、ぁあっ……」

可愛い鳴き声に堪らなくなり、陰核を弄《いじ》ったまま彼女の背中に覆い被さる。重なったスプーンのようにピッタリとくっつく体勢は、郷田に不思議なくらいの満足感を与えてくれた。

彼女が今ここに——自分の腕の中にいるのだと実感できるからかもしれない。

「茉美さん……」

五感の全てで彼女を感じたい。

彼女の姿を、声を、匂いを、味を、感触を、全て余すことなく拾い上げて、呑み込んでしまいたい。

華奢な身体を抱き締め、その髪に頬擦りしていると、茉美が顔をこちらに向けて切なげに言った。

「ご、ぅだ、くん、キス……！」

「喜んで」

彼女が愛しくて、可愛くて、幸せすぎて、脳ごと蕩《とろ》けてしまいそうだ。

果実のような唇を貪《むさぼ》りながら、腰を動かして己の男根を愛する人の入り口へと充てがう。

茉美のそこは愛撫ですでに滴《したた》り、張り出してはち切れそうな亀頭を歓待するように、グチュリと呑み込んだ。

（う、ああ……！）

久しぶりに味わう茉美の泥濘《ぬかるみ》に、郷田は脳が焼き切れそうになる。

熱くて、蕩けていて、頭がおかしくなるほど気持ち好かった。

欲望のままにゆっくりと、より深く、より奥へと腰を進めると、抱き締める彼女の背中がビクビクと揺れているのが分かった。

「ああ……気持ち好いね、茉美さん……」

恍惚《こうこつ》と囁くと、茉美が言葉もなくコクコクと頷く。

重なり合うこと、溶け合うこと——愛し合う行為は、肉体だけでなく心も伴《ともな》うと、これほどまでに心地好いものなのか。

（きっと、茉美さんだから……彼女が、俺にとっての唯一だからだ）

「愛しています、茉美さん」

唯一無二の存在と出会えた幸福を嚙《か》み締めながら、郷田は愛する人を抱き締めたのだった。

エピローグ

リアル・プランニングに新入社員が入ってきた。

「加納晴翔《かのうはると》くんだ。今日からうちで働いてもらうメンバーです。前は税理士事務所にお勤めだったので、即戦力となってくれると思います！　みんな、お手柔《てやわ》らかに頼むぞ～！」

社長の紹介に、社員から「わ～！」という歓声と共に拍手が湧き起こる。

「加納晴翔、二十五歳です！　本日より財務部で働かせていただきます。精一杯頑張りますので、ご指導、ご鞭撻《べんたつ》の程《ほど》、よろしくお願いいたします！」

ペコリと頭を下げる新人に、すぐさま声をかけていくのは人懐っこい黒田《くろだ》だ。

「よろしく～！　俺、企画部の黒田です！」

それを皮切りに社員が次々に自己紹介をしていき、最後に社長が「あ、俺が社長です！」と言うと、皆から「存じ上げております」とツッコミが入り、朝礼が終了した。

社長に野次を入れつつ、皆が笑いながら持ち場に戻っていく様子を見て、新人の加納がため息をついて言った。

「すごいアットホームな会社ですよね！　僕、前の職場がものすごく堅い所だったので、なんだかホッとします」

それに黒田が「あはは」と笑った。

「まあ、うちはそれが唯一の取り柄《え》みたいな会社だからね～。とはいえ、うちの社長と取締役は、ああ見えて結構やり手だから」

貶《けな》しながら上げる黒田に、渡嘉敷《とかしき》がやれやれと肩を竦《すく》めた。

「アンタはまたそういう言い方を」

「え～、褒《ほ》めてんじゃないスか～」

「貶してから褒めるのやめなって言ってんの！　大体、『ああ見えて』って言うのは社長だけで、郷田《ごうだ》くんはちゃんとしてるでしょ！」

「渡嘉敷さんの方が社長のことディスってんじゃん……」

二人のやり取りを恐縮したように聞いていた新人が、郷田の名前に目をキラキラさせて食いついてきた。

「郷田さん、すごいですよね！　僕、面接してもらったのが郷田さんだったんですけど、カッコイイし、頭良いし、スマートだしで、びっくりしました！　芸能人かと思って！」

興奮したように喋《しゃべ》る加納に、黒田と渡嘉敷が顔を見合わせる。

「まあ、郷田さんを最初に見たら、そういう反応になるわな〜」

「分かるわ。あの絶世の美貌で、仕事もできるしスマートだし、ほんとスパダリって感じ」

ウンウンと頷《うなず》き合う二人に、加納がパアアッと顔を輝かせた。

「やっぱりそうなんですね！　スパダリって感じしますもん、オーラが！」

「まあ、スパダリはスパダリ」

「うん、そうね。スパダリはスパダリ」

同意しつつも何か含みのある言い方に、加納が首を捻《ひね》っていると、小柄な女性がトコトコと前を歩いて行くのが見えた。どうやらコピー機に用があるようだ。

昨今、情報はデータでのやり取りがほとんどだが、民間の会社を相手にする場合、未だ紙に印刷された資料の提示を求められることも、実は少なくない。だからこの会社にも未だ複合機が置いてあるのだ。

（……あれは、確か企画部のチーフの……静岡《しずおか》、茉美《まみ》さんだ）

小さくて可愛らしい顔をしているからてっきり年下なのかと思ったら、年上だった上に役職付きだったから驚いたのだ。

（ということは、この黒田さんや渡嘉敷さんの上司ってことなんだな……）

人は見かけによらないというが、それを体現したような人だ。

犬にたとえたら、ポメラニアンかチワワといった風情だな、などと思いながら彼女を見ていると、隣で黒田がキシシと笑った。

「お、茉美さんだ。来るぞ来るぞ」

何が来るのだろう、と思って渡嘉敷を見ると、彼女もニヤニヤ笑いながら茉美の方を見ている。

（……なんだ？　え、郷田さん？）

複合機の前で何か操作している茉美のそばに、いそいそと駆け寄ってくるのは、スパダリこと郷田だ。信じられないくらい長い脚であっという間に彼女の隣に立つと、彼女の手にしていた用紙を受け取ろうとする。

すると彼女は額に手を当てて「は～」とため息をつくと、腰に手を当てて郷田を叱《しか》り始めた。

「印刷くらい自分でできます」

「あ、でも茉美さん、この複合機、もう古くてこの間も壊れたんですよ。ちょっとコツがいるので俺が……」

「知ってる。でも大丈夫。自分のデスクに戻って！」

ビシッと郷田のデスクを指さす彼女に、郷田は「はい……」と情けない返事をして、彼女の言う通りにすごすごとデスクへ戻って行った。

茉美の方はテキパキとした動きで印刷を終わらせると、自分のデスクへと戻って行った。とても印刷ができない人とは思えない。というより、チーフなのだ。できないわけがない。

「ブハッ！　ま〜たやってるわ、あの二人！」

「本当！　郷田くん、何度怒られれば気が済むんだろうねぇ」

二人を見てくすくすと笑う黒田と渡嘉敷に、加納は「あの……」と首を捻《ひね》ってみせる。

すると黒田が笑いながら答えた。

「郷田さんと茉美さんは夫婦なんだよ。会社では別姓で通してるけどね」

「それでもって、郷田くん、茉美さんにベタ惚《ぼ》れだから。いつも構いたくて仕方なくって、ああやって隙あらば茉美さんに纏《まと》わりついては、怒られてるのよ。おかしいでしょ」

「あ、そうなんですね……」

なるほど、夫婦だからの会話だったのか、と納得してしまう。

対外的に見せる姿と、親しい者に見せる姿が違う人は、わりと多いものだ。

（……それにしても、あのスパダリが……。あれじゃまるで……）

加納の感じたそれを、渡嘉敷が代弁してくれた。

「スパダリ郷田くんは、茉美さんの前では待てができないんですって」

あとがき

こんにちは。春日部こみとです。

この本を手に取ってくださってありがとうございます。

今回のお話は、完璧なスパダリ男子が、好きな人の前だけではワンコになってしまう、というラブコメディです。

私にしては珍しく、タイトルが最初に頭に浮かんだ作品です。

最初にストーリーから作るタイプなので、これは本当に珍しい。でもそのせいなのか、郷田くんと茉美さんのキャラクターも最初から固まっていて、とても書きやすかったお話です。

多分、ワンコ属性の男子を書くのが好きなんだろうな、私は……（笑）。

とても楽しんで書かせていただきました。

皆さんのお気に召すといいのですが！

華やかで美しい郷田くんと茉美さんを描いてくださったのは、田中琳先生です！　カバーラフを見せていただいた時の衝撃が忘れられません！

「ぎゃー！　郷田くん！　郷田くんがいる！　茉美さん！　茉美さんきゃわわ！」と大騒ぎしてしまいました。それくらい、思い描いた通りの郷田くんと茉美さんでした！　郷田くんの目力……かっこいい！

田中先生、素敵なイラストを本当にありがとうございます！

拙い私の仕事をしっかりチェックしてくださった担当編集者様。いつもわちゃわちゃしていてすみません！　お世話になっております。本当にありがとうございます！

この本を出版するに当たって、尽力してくださった全ての皆様に、御礼申し上げます。

そして最後に、ここまで読んでくださった皆様に、心からの愛と感謝を込めて。

春日部こみと

スパダリ郷田くんは、茉美さんの前では待てができない

Vanilla文庫 Miel

2023年7月5日　第1刷発行　　定価はカバーに表示してあります

著　作　春日部こみと　©KOMITO KASUKABE 2023
装　画　田中 琳
発行人　鈴木幸辰
発行所　株式会社ハーパーコリンズ・ジャパン
東京都千代田区大手町1-5-1
電話 03-6269-2883（営業）
0570-008091（読者サービス係）

印刷・製本　中央精版印刷株式会社

Printed in Japan ©K.K.HarperCollins Japan 2023 ISBN978-4-596-52148-4